Die Reisende

Michael Abenath

Die Reisende

Roman

Herstellung und Verlag:
BoD - Books on Demand, Norderstedt
ISBN 978-3-7347-7141-5
C: 2015 Michael Abenath

Prolog

Mein Name ist Dara. Vor nicht all zu langer Zeit lebte ich in Berlin, hatte eine Katze und ging einen ganz normalen Job als Shuttlepilotin nach. Ich war ein Mensch aus Fleisch und Blut.

Das ist jetzt anders. Ich befinde mich in einer Welt, die ich bisher nur aus Träumen kannte. Es ist eine Geisteswelt, die wirklich existiert. Es gibt hier keine Materie, wir sind reine Energie und bewegen uns durch Raum und Zeit. Nein, ich bin nicht gestorben, aber ich könnte mir vorstellen das man sich nach den Tod kurzfristig in einer geistig-körperlosen Welt befindet.

Wie ich hier her gekommen bin, ist eine längere Geschichte auf die ich später noch zurückkomme. Jedenfalls befinde ich mich nun in Begleitung einer Dame. Sie heißt Viktoria.

Nun hat sie mich gefragt ob ich nicht wieder für eine gewisse Zeit in die physikalische Welt zurück möchte. Zuerst lehnte ich ab, aber sie sagte, dass es eine sehr wichtige Mission sei und versprach mich danach wieder abzuholen.

Ich ging darauf ein...

Erstes Kapitel

Wir landeten dann im Frühjahr 2012 per Raumschiff in der Nähe von Berlin. Völlig unbemerkt von den Überwachungssystemen. Vielleicht hatte uns jemand gesehen, als wir lautlos und unbeleuchtet an einer einsamen Stelle landeten.

„Wenn ich schnell wieder weg bin, wird das keine Auswirkungen haben", erklärte Viktoria und wollte damit unterstreichen, dass dies eine geheime Mission war.

„Erfülle hier dein karmisches Potenzial", antwortete sie auf meine Frage was ich denn nun konkret zu tun habe. „Achte auf deine innere Stimme und auf versteckte Hinweise", waren ihre letzten Worte, als sie das Raumschiff bestieg.

Bevor ich die feinstoffliche Lichtwelt verließ, hatte ich mir die wichtigsten Dinge spontan herbei gezaubert. Geld und einen Personalausweis mit dem Geburtsdatum 1976. Solange die Papiere in Ordnung sind und Geld da ist, fragt keiner nach.

Ich quartierte mich in einem kleinen Hotel in der Vorstadt Berlins ein und blickte etwas melancholisch in die sternklare Nacht, als ich den Lichtschweif aufblitzen sah.Viktoria hatte soeben die Lichtgeschwindigkeit überschritten und befand sich nun in einer für mich unerreichbaren Dimension. Vielleicht hat jemand gerade zum Himmel geschaut und sich etwas gewünscht. Ich hätte mir am liebsten gewünscht das Viktoria zurück kommt. Aber ich wusste, sie würde es nicht tun, selbst wenn ich meinen flehenden Gedanken in die unendlichen Weiten des Alls schicken würde.

Wie es nun weitergehen soll, nachdem ich mich hier häuslich eingerichtet hatte, wusste ich nicht und die Innere Stimme schwieg. Ich wartete auf eine Eingebung, ein Signal. So geht es aber nicht. Wenn man verkrampft auf was wartet, kommt es meistens nicht. Es sei denn es ist klar was wann kommt. Zum Beispiel ein Bus. Der kam und ich stieg ein, fuhr quer durch Berlin und ließ die Atmosphäre auf mich wirken. Ich kannte diese Stadt ja aus einem vergangenen Leben. Eine Vergangenheit die vom jetzigen Zeitpunkt in der Zukunft liegt. Manches erkannte ich wieder, zumindest Teile davon. Es war verwirrend und schön zugleich. Viktoria hatte es mir überlassen den Ort und den Zeitpunkt auszuwählen.

Entscheide ohne lange nachzudenken, aus den Bauch heraus.

Aus Tagen wurden Wochen und mein Startkapital aus dem Himmelreich verschwand fast genauso schnell wie ich es herbei gezaubert hatte. Mittlerweile hatte ich das teure Hotel gegen eine Wohnung getauscht. Mit einer Mitbewohnerin des Hauses verstand ich mich sofort sehr gut und hätte sie am liebsten gleich gefragt ob sie auch „von oben" kommt.

Sei vorsichtig mit solchen direkten Fragen, hatte Viktoria immer eindringlich gemahnt, *die können nicht nur Verwirrung bei den entsprechenden Personen verursachen sondern auch die Zeitlinie beeinflussen.* Die Mitbewohnerin hieß Anna, eine liebenswerte Frau. Sie verhalf mir zu einen Job und von nun an verteilte ich früh morgens Zeitungen. Ich tat es mit fester Überzeugung, dass dies mit der Erfüllung meines *karmischen Potenzials* zu tun hat. Das war gut so, denn nicht immer machte es Spaß und nicht immer war des Wetter freundlich.

Eines Tages blitzte während einer Meditation eine Idee in mir auf: Verreise! Hau mal ab! Diese hektische Stadt ist nicht gut für dich!

Mein Verstand sagte mir das ich mir das im Moment nicht leisten kann, mein Bauch sagte mir das ich es mir *nie* leisten könne und es deshalb tun sollte und zwar sofort. Ich sehnte mich nach einem Ort an dem es ruhig ist und meine Innere Stimme eine Chance bekommt sich zu melden.

Nach Hinweisen suchend erregte ein Flyer, eingeklemmt zwischen allerlei Katalogen und Werbeprospekten, meine Aufmerksamkeit. Dieser wies auf ein kommendes buddhistisches Festival in England hin. Ich wertete dies als Zeichen und buchte kurz darauf den Flug.

Es war ein kleiner Ort an der Westküste Englands, ein altes Schloss, das die Buddhisten gekauft und mit viel Fleißarbeit restauriert hatten, wo wie immer in den Sommermonaten ein zweiwöchiges Festival stattfand. Ich schlug mein Zelt in einem zum Schlosspark gehörenden Wald auf.

Meine Zeltplatznachbarin wusste gleich einen geeigneten Ansprechpartner, als ich erwähnte, dass ich nach einem abgeschiedenen Ort für ein längeres Meditations-Retreat suchte.

„Du kennst John nicht?", wunderte sich die nette Dame und gab mir den Rat ins Café zu gehen. Dort werde ich ihn bestimmt treffen.

Das klang doch ganz erfolgversprechend, nämlich nach einem Zeichen.

Die Begegnung mit John bestätigte meine Hoffnung, auf den richtigen Weg zu sein. Es war leicht mit ihm ins Gespräch zu kommen, denn es schien der Grund seiner Existenz zu sein.

„Du musst selbst herausfinden, wann und wo es für dich am besten ist“, erklärte er in der Schlosscafeteria nachdem wir an der Kaffeeausgabe zuerst über belanglose Dinge plauderten und uns dann an einem kleinen runden Tisch setzten. Ich nippte aus dem Fenster blickend an der Kaffeetasse. „Über das Wann bin ich mir im klaren, aber wo, dass weiß ich noch nicht“, gab ich ihm nachdenklich zu verstehen.

John hatte eine kräftige Statur, schwarze Lederjacke, eine Sonnenbrille mit rot getönten Gläsern. An seinen Armen gab es keine Stelle die nicht tätowiert war. Bei einem Rocker-Treffen wäre er nicht sonderlich aufgefallen. Hier auf dem buddhistischen Festival zwischen Nonnen und Mönche schon, aber im positiven Sinne, denn man betrachtete die öffentlichen Veranstaltungen im Tempel auch als Anlaufstelle derjenigen, die sich gewöhnlich nicht mit Spiritualität befassen. Mir schien John alles andere als ein spiritueller Anfänger zu sein...

Er schmunzelte, stützte den Ellbogen auf und drückte die geschlossene Faust unter das Kinn.

„Also wenn du einen idealen Ort für die Meditation suchst, da kann ich dir vielleicht weiterhelfen.“

Ich überlegte kurz, weil ich nicht wusste was ich von seinem Angebot halten sollte. Schließlich kannte ich John erst seit ein paar Minuten. Die Geschichten die man über ihn erzählt, konnten unterschiedlicher nicht sein. Als ehemaliger Fremdenlegionär ohne festen Wohnsitz reist er quer durch die Welt, sagt man. Oder er ist Chef einer Firma in Schottland. Wieder andere erzählten, er hätte eine Farm in Amerika und betreibe eine spirituelle Sekte.

„Prima", sagte ich. „Ist bestimmt weit weg und teuer", fügte ich vorsichtshalber hinzu, um zu signalisieren das meine finanziellen Möglichkeiten sehr beschränkt sind. Er schüttelte den Kopf. „Nicht so weit wie du vielleicht denkst. Es ist eine Blockhütte in Finnland. Bezahlen brauchst du nur die Anreise, sonst nichts. Für den Aufenthalt bekommst du sogar Geld und Verpflegung." Er nahm seine Sonnenbrille ab und zwinkerte mir zu. Im ersten Moment wollte ich unter einen Vorwand schnell abhauen, denn mir wurde die Sache unheimlich.

„Wo ist der Haken?"

„Haken?"

„Na, was muss ich dafür tun?", fragte ich, „schließlich bekommt man auf dieser Welt nichts geschenkt."

„Du sollst nur auf die Hütte aufpassen und hier und da ein paar kleine Reparaturen erledigen." John faltete die Hände und spreizte die Daumen zur Seite. „Das ist alles."

Ich schmunzelte. „Ist das deine Hütte?"

„Sie gehört einem Freund von mir. Er ist dieses Jahr viel unterwegs und möchte nicht das sein Häuschen monatelang unbewacht ist." Er lachte. „Wenn du willst, kannst du gleich von hier aus anreisen.“

„Nein ich muss vorher noch zurück nach Deutschland“, wehrte ich ab. „Danke für das Angebot. Nach Finnland wollte ich schon immer.“ Die anfängliche Skepsis verflüchtigte sich wie Nebel im Wind. Es gab einfach keinen Grund das nicht zu tun. Ich war mir sicher. In einer Blockhütte, weit weg von irgendwelchen Ablenkungen werde ich die Botschaft empfangen. John erhob sich und reichte mir seine Visitenkarte auf der nur sein Vornahme, eine Email und eine Mobilfunknummer stand. „Okay, kein Problem. War nett dich kennen zu lernen.“ Er klopfte mir auf die Schulter. „Melde dich, sobald du zu Hause bist.“

„Ja, mach ich und danke für alles“, gab ich zurück während er sich entfernte.

Am folgenden Tag machte ich mich mit einem prallen Rucksack und einer Reisetasche zu Fuß auf den Weg zum Bahnhof. Die Taxiunternehmen konnten zum Festivalende über Auftragsmangel nicht klagen. Mittlerweile betrug die Wartezeit fast zwei Stunden. Der Weg kam mir angesichts der schweren Reisetasche quälend lang vor. Immer wieder wechselte ich die Tasche von der rechten auf der linken Schulter. Zum Glück hatte ich noch genug Zeit, und so setzte ich mich nach gut halber Strecke schnaufend auf eine Bank am Straßenrand. Ich beobachtete die Menschen die vorbei liefen, wechselte einen kurzen Blick mit ihnen. Manche schienen regelrecht berauscht von ihren Erlebnissen auf dem Festival zu sein. Sie schwebten in einer Welt, jenseits ihrer alltäglichen Realität. Noch. Den spätestens wenn am Bahnhof

der Stress auf sie einschlägt, wird der Rausch verfliegen und ein Kater der Ernüchterung weichen. *Lasst euch nicht entmutigen* hätte ich ihnen am liebsten hinterher gerufen.
Als ich ein paar Kekse verputzt hatte, marschierte ich zügig zum Bahnhof.

Viele Stunden später stand ich eng gedrängt in einer S-Bahn, die mich vom Hauptbahnhof zu meiner Wohnung brachte. Eine frische Böe erfasste mich, als ich zwischen ungeduldig drängelnden Menschen auf den Gehweg trat. Erleichtert atmete ich tief durch. Nur noch ein paar Minuten Fußweg. Mein Blick streifte das jetzt leere Wartehäuschen der Haltestelle. Auf den Sitzbänken lag allerlei Müll herum, obwohl es gleich um die Ecke ein leerer Abfalleimer gab. Nachdem ich mich angewidert auf den Weg machte, kehrte ich nochmal zurück, denn ich hatte neben den Müllhaufen etwas gesehen. Ein Buch. Die Seiten flatterten im Wind. Auf dem blauen Buchdeckel klebte ein Zettel: Zum Mitnehmen. „Na wenn das keine Botschaft ist“, dachte ich während ich darin herumblätterte. Es war ein Roman mit den Titel „Welt ohne Zeit“.
In meiner Wohnung angekommen, griff ich sofort zum Telefon um John anzurufen und wunderte mich nicht darüber, dass sein Handy ausgeschaltet war, denn er schien nicht der Typ zu sein der ständig erreichbar ist. So beschloss ich erst ein entspannendes Bad zu nehmen, bevor ich mich an den Computer setze um John eine Email zu schreiben.

„Wieso können wir nicht einfach in die Zeitlinie einsteigen wo wir wollen", fragte Vera und schaute Viktoria dabei zu, wie sie eine Anordnung aus Kristallen neu ausrichtete.

„Weil die Zeitlinie von der physikalischen Seite geöffnet werden muss. Wir brauchen immer einen Verbündeten von der anderen Seite. Sonst haben wir keinen Zugang zu der physikalischen Welt." Viktoria schob vorsichtig eine gläserne Pyramide zwischen zwei auf dem Kopf stehende Tetraeder. Anschließend summte sie ein Mantra und gestikulierte mit den Händen. Die Anordnung begann zu leuchten. Ein warmer sphärischer Klang erfüllte den Raum. Viktoria wandte sich Vera zu, die mit gekreuzten Beinen auf einem freischwebenden roten Kissen saß. „Meinst du ich hätte euch damals einfach dort abgeholt, weil es mir gerade in den Sinn kam? Ihr habt mich dazu eingeladen." Viktoria schmunzelte.

„Eingeladen? Wir hatten zu den Zeitpunkt nicht den geringsten Beweis für deine Existenz und dieser faszinierenden Welt hier", wandte Vera ein.

„Eure Visionen, Denkansätze und besonders der feste Glaube daran waren Einladungen an uns. Dadurch habt ihr euren Geist auf etwas gerichtet, das noch jenseits eurer Wahrnehmung war."

„In der Vergangenheit hatten die Menschen auch Visionen und glaubten an Gottheiten. Warum haben sie diese nicht wahrgenommen", überlegte Vera weiter. Viktoria lachte spöttisch. „Das haben sie doch. Denkst du vielleicht ihr seit die Ersten die Kontakt mit uns haben?"

Vera glitt von ihrem Sitzkissen herunter und sank sanft wie eine Seifenblase herab. Sie brauchte nur die Beine auszustrecken bis sie den Boden berührten. Fasziniert betrachtete sie die Kristalle.

„Ich wundere mich nur darüber warum in der Geschichtsschreibung nichts darüber berichtet wurde."

„Es *wurde* darüber berichtet. Aber es gibt verschiedene Interpretationen. Dadurch entstanden die verschiedenen Religionen. Religionen sind ein gutes Mittel, Weisheiten zu überliefern bis sie in der Zukunft entschlüsselt und angewandt werden können. Aber das weißt du ja. Du gehörst dieser glücklichen Generation an, die aus Glaube Wissen gemacht hat."

Vera ging zu einer großen runden Scheibe, die im Mittelpunkt einer Kommandozentrale frei in der Luft schwebte. Die glatte Oberfläche glich einem Brunnen, der randvoll mit klarem Wasser gefüllt ist. Der Blick in diesen Zeitspiegel, wie Viktoria die Scheibe nannte, faszinierte Vera immer wieder. Anfangs fand sie es beängstigend dort hinein zu schauen, denn sie blickte in einem Schacht der Unendlichkeit. Es gab kein Fluchtpunkt in der Ferne in dem alles zusammen lief. Sie hatte erst immer das Gefühl sie würde hineingezogen. Im Grunde genommen war es auch so, denn sie selbst bestand nicht aus Materie, sondern aus reiner Energie. Die Gefahren die sie noch als fleischliches Wesen ausgesetzt war, existierten nun nicht mehr. Dafür gab es andere unbekannte Abgründe, in die sie ohne Viktorias wachsame Hilfe längst gefallen wäre.

„Könnte es für Dara gefährlich werden?, fragte

Vera während sie in den Zeitspiegel vergebens nach ihrer Tochter suchte.

„Wenn du arg besorgt bist und Zweifel aufkeimen, könnten schon problematische Strömungen entstehen." Viktoria legte sanft ihre Hand auf Veras Schulter und beugte sich über den Rand der Scheibe. Ihre weißen Engelshaare fielen ihr dabei ins Gesicht. Sie deutete in den Spiegel. „Dort ist sie. Kannst du sie auch sehen, Vera?"

„Ja, jetzt kann ich sie sehen." Vera kicherte. „Sie sitzt in der Badewanne."

*

John ließ sich zwei Tage Zeit, bis er endlich auf meine Mail antwortete. Ich hatte die Blockhütte in Finnland schon fast aufgegeben und damit begonnen, nach anderen Hinweisen zu suchen.

Die präzise Wegbeschreibung zum Treffpunkt in Finnland druckte ich mir aus und kündigte mein Apartment. Ich verkaufte alles was nicht in meiner Reisetasche passte.

Blicke nur nach vorne und breche immer alle Brücken hinter dir ab, sonst musst du wieder zurück und kommst in deiner Mission nicht weiter, hatte Viktoria während meiner Einweisung zu meinen ersten Soloabenteuer mehrmals betont. *Verhalte dich so, dass die Ereignisse sich ganz von selbst zu deinem Vorteil entwickeln. Versuche nicht die Welt deinen Willen zu unterwerfen.* Das das nicht funktioniert habe ich in Viktorias Welt oft erfahren, weil dort alles sehr sensibel auf Gefühle reagiert. Je intensiver ich was forderte, desto mehr richtete sich alles gegen mich. Hier in der physikalischen Ebene ist das im Grunde genauso, auch wenn das nicht so spontan passiert.

Mit solch einer einfachen aber weisen Erkenntnis im Hinterkopf machte ich mich auf den Weg nach Finnland und nahm das erste Problem gelassen entgegen. Es kommt schon mal vor, dass man wegen technischer Mängel eineinhalb Stunden auf den Zug warten muss. Ich hatte viele interessante Reisebekanntschaften. Mit Männern kam ich immer sehr leicht ins Gespräch. Es genügte sie länger als zwei Sekunden an zulächeln, oder hilflos vor einem Fahrscheinautomaten zu stehen. Dann fragten sie meistens ob sie helfen können. Lieb gemeint, eigentlich. Manchmal aber auch anstrengend, besonders wenn man gerade keine Lust auf Smalltalk hat.

Wenn man die Zukunft kennt, ist es nicht leicht so zu sprechen als dass man sie nicht kennt. Ich weiß nun mal, dass in rund dreißig Jahren eine Genkrankheit weltweit alle Männer unfruchtbar werden lässt, die dazu führt das in weiteren achtzig Jahren diese Gattung Mensch aus-stirbt.

Einmal hatte ich mich verplappert als ich mit einem jungen Mann über die Zukunft philosophierte und von der Genkrankheit sprach, als wäre sie bereits Tatsache. Ich konnte gerade noch ins Hypothetische wechseln als er mich Stirn runzelnd ansah. *Sei vorsichtig, wenn du ins Plaudern kommst. Das kann weitreichende Folgen haben, wenn du versehentlich Tatsachen aus der Zukunft ausplauderst*, erinnerte ich mich an Viktorias Worte.

Als der Zug endlich los fuhr, nahm ich ein Buch zur Hand. Jenes, dass ich an der Bushaltestelle gefunden habe. Schon die erste Seite überraschte mich. Ich erkannte mich sofort selbst als Protagonistin, denn die erste Beschreibung entsprach meinem früheren Leben als Shuttlepilotin in der Zukunft. Wie konnte das sein? Über den Autor konnte ich keine näheren Informationen in dem Buch finden. Ich las weiter. Auch wenn die Handlung nicht exakt die Ereignisse aus meiner Vergangenheit wiedergaben, so stimmte das soziale Umfeld. Zum Beispiel Luxa meine virtuelle Freundin. Als ich neugierig weiterblätterte und diagonal die Seiten überflog, überraschte es mich nicht meine Mutter Vera zu finden. Auch wenn die Vorbereitung zu unseren ersten interstellaren Flug anders verlaufen war und der Name des Raumschiffes anders lautete, so viele Übereinstimmungen konnten nicht zufällig sein. Seitdem ich in Viktorias Welt lebe, sehe ich die Zusammenhänge von Ursache und Wirkung, Vergangenheit, Gegenwart und Zukunft etwas anders. Aber wenn dies eine Botschaft ist, was soll ich damit anfangen?

Ich blickte aus dem Fenster. Grüne Wiesen, auf denen Kühe weideten, zogen langsam vorbei.

„Das Leben in der Natur wird mir sicherlich gut tun", dachte ich und schlief ein.

Durch das Quietschen der Bremsen wachte ich auf. Der erste Teil der Reise näherte sich dem Ende. Gerade lief der Zug in Travemünde ein. Jetzt beginnt die lange Schiffsreise quer durch die Ostsee nach Helsinki auf die ich mich schon sehr freute. Zu meiner Zeit gab es diese Art zu reisen nicht mehr. Nur aus diesem Grund habe ich die Schiffsreise gebucht.

„Woher wusstest du, dass sie das Buch findet?", fragte Vera.

„Ich wusste es nicht." Viktoria deutete in Richtung Zeitspiegel. „Was wir darin sehen, tritt nicht exakt ein. Es ist nur die wahrscheinlichste Möglichkeit, in dem Moment in dem wir hineinschauen."

„Das Dara jetzt mit dem Schiff anstatt mit dem Flugzeug reist, hat der Spiegel ja nicht angezeigt", stellte Vera etwas besorgt fest. „Sind wir eigentlich in der Lage die Kontrolle über das Geschehen zu behalten?"

Viktoria blickte Vera schmunzelt von der Seite an und verschränkte demonstrativ die Arme.

„Da spricht immer noch die ausgebildete Ingenieurin. Den größten Fehler den die Menschen machen und immer noch tun ist, anzunehmen die Welt kontrollieren zu können. Die Geschichte hat immer gezeigt das das nicht möglich ist."

„Aber ist es denn nicht vernünftig etwas zu kontrollieren. Denn dadurch verhindern wir Chaos."

„Wir *verändern* den Chaos nur", betonte Viktoria. „Der Chaos, der uns immer nur so vorkommt als wäre er das, ist eine ewige Konstante des Universums in allen drei Bereichen", dozierte sie und schnippte mit den Fingern über den Zeitspiegel. Schlagartig befanden sich beide in einer unendlichen Ansammlung gleichzeitiger Ereignisse. Es glich einer riesigen Halle, in der an Wände und Decke gekachelt Monitore hingen. Und auch im Innenraum schwebten Einzelbilder in einer Matrix angeordnet flackernd in der Luft. Sie alle ließen Bildfolgen aufblitzen, die leicht verändert zum angrenzenden Bildschirm verschoben wurden. In allen Richtungen flitzten sie von oben nach unten, von rechts nach links und auch diagonal. Vera war überwältigt von der Reizüberflutung und wusste nicht, wo sie zuerst hinsehen sollte. Dazu kam ohrenbetäubender Lärm, ähnlich der einer Großstadt. Sie wollte gerade los brüllen um Viktoria mitzuteilen, dass sie hier weg will, da hörte sie Viktorias Stimme. Sie hörte sie so als wäre es ein Gedanke.

„Konzentriere dich auf ein Bild. Blende alles andere aus. Nur auf ein Bild", wiederholte Viktoria mehrmals. Zuerst glaubte Vera sie schafft es nicht. Die Bildfolgen eines Monitors waren viel zu schnell, als dass sie irgendetwas ausmachen konnte. Nach einer Zeit verfiel sie in Trance und es wurde leiser um sie herum. Die Bildfolgen verlangsamten sich. Sie starrte nur noch auf ein Bild und alles kam zum Stillstand. Absolute Stille um sie herum. Sie fühlte sich völlig frei und entspannt. Ein Ozean der Ruhe umgab sie. Unendliches Glück.

„Auf jede Handlung folgt eine Neue. Es gibt nichts Beständiges. Es gibt nichts Eigenständiges. Alles besteht nur aus einem Strom endloser Aktionen und Reaktionen", dozierte Viktoria mit sanfter Stimme. „Du kannst ihn nicht kontrollieren. Aber du kannst den Strom nutzen, wenn du ihn akzeptierst wie er ist. Genauso wie ein Wellenreiter mit seinem Surfbrett die Kraft des Ozeans nutzt."

„Aber jetzt steht alles still", wunderte sich Vera.

„Du hast nun die höchste Stufe des Ruhigen Verweilens erreicht. Das ist ein Geisteszustand der sich im absoluten Ruhezustand befindet. Wie du

siehst und hörst, befindet sich die Umgebung nun auch im Ruhezustand."
Die Bilder setzten sich wieder in Bewegung und wurden immer schneller.
„Das Ruhige Verweilen scheint offensichtlich nicht von Dauer zu sein", schlussfolgerte Vera.
„Noch nicht. Das braucht Übung", beruhigte Viktoria, schnippte mit den Fingern und sie befanden sich in einer exotisch anmutenden Umgebung.
Zwischen Palmen und anderen Gewächsen, auf den vereinzelt Papageien krächzten, lag ein großer Swimmingpool stilvoll geschmückt mit Marmor. Aus einer angrenzenden Felswand ergoss sich ein breiter Wasserfall. Es herrschte reger Badebetrieb.
„Lasst uns ein wenig Spaß haben", sagte Viktoria und legte sanft ihre Hand auf Veras Schulter. Verblüfft stellte Vera fest das Viktoria nackt war, ebenso alle Frauen die sich hier vergnügten, einschließlich sie selbst. Bevor sie empört fragte wer sie denn ausgezogen hat, gestand sie sich ein, dass sie ja nichts dagegen hatte und damit sie es selbst war. Langsam begriff sie, wie diese Welt funktioniert.

*

Ich erblickte am Himmel ein unbekanntes Flugobjekt und wunderte mich, denn Viktoria hatte mir nicht gesagt das außer mir noch jemand mit einem Shuttle hier im Urwald landet. Es setzte in der Lichtung auf, die wir zusammen mit den Ureinwohnern zu einem heiligen Landeplatz ausgebaut hatten. Für die Ureinwohner waren wir

Götter und sie taten alles was wir wollten. Als ich mit Viktoria hier in der Urzeit zum ersten mal auftauchte, hatten sie natürlich panische Angst und verkrochen sich in ihren Höhlen. Später merkten sie das wir nichts Böses wollten und wir erwarben so ihr Vertrauen. Damit begann für mich eine schöne aber auch anstrengende Zeit, in der ich mit den Menschen in Höhlen lebte, mein erstes Kind gebar und erlebte wie es ist fester Bestandteil in einer Stammesgemeinschaft fernab hochtechnisierter Zivilisation zu sein. Die Technik die wir aus der Zukunft mitbrachten setzten wir dezent und unauffällig ein, ohne die Menschen zu verwirren und auch nur in dringenden Fällen wenn es nicht anders ging.

Nach den rund fünf Jahren unserer Anwesenheit als Göttinnen, wirkte die Landung des unbekannten Flugobjekts auf den Stamm völlig unspektakulär. Ich sah wie Viktoria mit meinen Sohn im Arm aus ihrer Behausung kam und das Raumschiff erblickte. Sie gab mir das Zeichen und ich wusste, jetzt wird es ernst.

„Er will deinen Sohn", hörte ich sie sagen, während wir zu meinem Shuttle rannten...

Ich schreckte hoch und sah aus dem Fenster meiner Kajüte. Die Ostsee. Ich hatte geträumt, von einer verschwundenen Zeit in der ich Mutter wurde, von einem Sohn... Mir stockte der Atem. Was ist aus ihm geworden? Gab es ihn wirklich? Wenn ich Viktoria frage, weicht sie aus, sagt, dass ich eine zu lineare Sichtweise habe.

Um meine aufkeimende Wut zu begegnen, durfte ich jetzt nicht weiter darüber nachdenken. Ich ging aufs Deck. Der raue Wind fegte mir durch das Haar als ich mich ans Geländer lehnte und auf das Meer blickte. Möwen begleiteten lautstark das Schiff. Immer scharf auf ein Stück Nahrung.

„Ich hab leider nichts für euch", rief ich den Tieren zu, die im Wind treibend fast zum greifen nahe an mir vorbei flogen und mich misstrauisch beäugten. Eine segelte direkt vor meinem Gesicht, sah mich auffordernd an und krähte eindringlich. Ich beobachtete wie sie mit den Schwanz ruderte um die Position zu halten und versuchte mir vorzustellen, wie es ist eine Möwe zu sein. Als ich mich daran erinnerte wie mir Viktoria mal den Bewusstseinsaustausch bei Tieren erklärte, der anders als beim Menschen, spontan und unproblematisch ist, dachte ich sofort an Hydra meine Katze, die ich lange unterschätzt hatte, bis ich ihr wahres kostbares Wesen richtig kennen gelernt hatte. Warum habe ich sie nicht nach hier mitgenommen? Hätte sie hier auch sprechen können? Die Möwe schüttelte den Kopf, so als würde sie auf meine letzte Frage antworten.

„Was willst du mir sagen", rief ich und streckte ihr die Hand entgegen. Sie dachte vielleicht ich hätte was zu fressen, als sie mir in den Finger hackte und dann laut krächzend davon flog.

„Na, wie ich sehe hast du schon die erste Reisebekanntschaft gemacht." Ich fuhr erschrocken herum und war etwas irritiert. John.

„Du hier?", fragte ich, während ich mir meinen Finger rieb. „Ich dachte wir treffen uns erst in Finnland."

„Das dachte ich auch", gab er zurück. „Ich hätte darauf gewettet das du das Flugzeug nimmst."

Ich schmunzelte. „Da hättest du verloren.“
Wir machten es uns in der Schiffsbar gemütlich. Gute Gelegenheit mehr über John zu erfahren. In England war er ja so schnell weg.
„Was machst du eigentlich beruflich?“, fragte ich.
John schmunzelte. „Ich bin so etwas wie ein Vermittler. Ich bringe zusammen was zusammen gehört.“
„Geht es vielleicht etwas konkreter?“
Bevor er antwortete servierte eine gestresst wirkende Kellnerin Kaffee und wollte auch gleich das Geld haben. John zahlte alles mit einem gönnerhaften Lächeln.
„Ich hätte mein Kaffee schon bezahlen können.“ Als ich meine Geldbörse zückte, wehrte er ab.
Gern hätte ich ihn gefragt, ob er auch aus der feinstofflichen Welt kommt.
Warte bis du ein Erkennungszeichen bekommst hatte mir Viktoria einmal gesagt.
Wie ich ein Erkennungszeichen erkenne, überließ sie wieder mir, beziehungsweise meiner inneren Stimme.
„Danke“, sagte ich und schlürfte vorsichtig an der Tasse. Ich hätte den Kaffee gleich in einen Schluck runter schütten können, denn er war nur noch lauwarm.
„Naja, das Geld hätten wir uns sparen können.“ Ich setzte die Tasse ab und schob sie demonstrativ von mir weg.
„Das Personal hier hat wirklich die Arschkarte gezogen. Die werden schlecht bezahlt und sollen bei miesen Arbeitsbedingungen noch erstklassigen Service abliefern. Irgendwann kapieren die das mal, dass so ein System letztendlich immer den

Bach herunter geht“, argumentierte John.

„Aber erst muss es den Bach herunter gegangen sein, bevor sich was ändert“, ergänzte ich und meine Innere Stimme flüsterte was von einem Erkennungszeichen.

„Ja, und zwar gründlich. So das nichts mehr geht und der Mensch versteht, bevor er sich an die Arbeit macht und wieder was aufbaut, das letztendlich erneut zum Scheitern verurteilt ist“, gab er zurück und meine Innere Stimme kitzelte mich nochmal.

„Ich glaube die Zeit des Verstehens und der Besinnung ist nicht mehr weit“, versuchte ich mit einem vermeidlich spekulativen Ausblick in die Zukunft den Faden weiter zu spinnen.

„Das wird kommen, da bin ich mir sicher. Und du auch, Dara.“ John beugte sich vor und sah mir direkt in die Augen, bevor er mit bedeutungsvollen Tonfall weiter sprach. „Es ist wirklich von Vorteil, wenn man die Ereignisse aus einer höheren Perspektive betrachten kann. Dann sehen die Dinge nicht mehr bedrohlich aus.“

„Möwen können die Dinge auch von einer höheren Perspektive betrachten. Ich glaube aber nicht, dass sie die Welt weniger bedrohlich sehen.“

„Möwen sehen die Welt von oben, aber nicht aus einer höheren Perspektive. Höhere Perspektive bedeutet jenseits von Raum und Zeit, eine spirituelle Weisheit die erkennt, das Phänomene keine eigenständige Kraft haben, sondern nur in Abhängigkeit des Geistes funktionieren.“ John lehnte sich zurück und nahm einen Schluck von seinen Kaffee. „Ich weiß nicht was du willst, der Kaffee schmeckt doch prima.“

Das reichte mir langsam. Er war sicher einer von uns und ich hatte das Versteckspiel satt.

„Höhere Perspektive beschreibt die Welt aus der wir kommen, aus der wir nur herunterkommen, wenn wir eine Mission erfüllen", sagte ich und zwinkerte John zu. Er presste die Lippen zusammen, als würde er über ein Problem nachgrübeln.

„Viktoria hat dir zu deiner Mission sicher auch die erste Regel für Zeitreisende erläutert", flüsterte er. „Wissen verändert die Zeitlinie, also die Zukunft." John holte tief Luft. „Hoffentlich haben wir diese hiermit nicht schon verändert."

„Meinst du zu unserem Nachteil?" Ich flüsterte ebenfalls und freute mich darüber das John einer von uns ist.

„Wenn wir hier nicht weitermachen, glaube ich das nicht. Du darfst mich nichts mehr zu deiner Mission und alles was dazugehört fragen", sagte er ernsten Gesichtes im eindringlichen Tonfall. „Die Fragen beantworten sich von selbst. Du brauchst nur Geduld. Lebe im Jetzt." Es klang wie eine letzte Mahnung. John erhob sich und warf mir zum Abschied einen coolen Blick zu.

*

Der breite Wasserfall massierte Veras Schultern und Brüste. Aber es wirkte wie eine ganzheitliche Massage, denn sie spürte nicht wie das Wasser schwer auf die Schulter prasselte, sondern es hatte den Anschein als fließe es durch ihren Körper hindurch. Viktoria saß ihr gegenüber.

„Lass dich gehen, lass alles zu und bemühe dich

nicht. Erlaube dem Wasserschwall durch dich hindurch zu fließen und werde eins mit dem Wasser", sagte sie bevor sie sich Vera näherte und sanft ihre Brüste massierte. Sie tat es nicht mit den Händen, sondern sie drückte ihren eigenen prallen Busen gegen Veras und warf genüsslich stöhnend den Kopf zurück. Vera spürte wie Viktoria in ihr eindrang. Zuerst wehrte sie sich noch, verteidigte ihren Körper, aber die spirituelle Meisterin drückte ihre Brustwarzen, die hart wie Diamanten waren, lustvoll stöhnend in Veras Brustkorb, bis beide Körper ineinander verschmolzen. Anschließend stiegen sie den jetzt violett leuchtenden Wasserfall empor und verschwanden in der Felswand.

Als Vera versuchte nach sich zu suchen fand sie sich nicht mehr. Es gab keine gewohnte Abgrenzung zwischen ihr und alles andere. Es war die Abwesenheit von allem, was mit Worte zu beschreiben wäre, ein berauschendes sexuelles Erlebnis mit allem was existiert, ein allumfassenden kosmischen Orgasmus.

Einem Uhrknall gleich endete schlagartig die Vereinigung zwischen ihr und Viktoria und sie saßen sich wieder in gewohnte dualistische Weise im Pool gegenüber. Beide noch berauscht von dem gemeinsamen Erlebnis.

„Was machen wir jetzt?", fragte Vera, als sich der innere Sturm nach einer Weile gelegt hatte.

Viktoria zuckte mit den Schultern. „Wozu hast du Lust?"

„Ich würde gerne wissen was Dara macht."

Viktoria schnippte breit grinsend mit den Fingern. Im nächsten Augenblick saßen sie in Daras Kajüte.

„Sollten wir uns nicht besser etwas anziehen“, meinte Vera.

Viktoria rollte mit den Augen. „Hier sieht dich keiner. Dara übrigens auch nicht. Das ist zu diesem Zeitpunkt noch nicht möglich, erst später, wenn sie in der einsamen Waldhütte wohnt und ihre Schwingungen sich unseren angeglichen haben.“

Viktoria schnippte erneut. „So besser?“

Vera nickte und sah sich in der Kajüte um.

„Wo ist Dara?“

„Auf der Toilette“, flüsterte Viktoria.

Vera schmunzelte. „Hier unten in dieser Welt muss man halt mal.“

Dara kam aus der Toilette, ihre Jogginghose hochziehend ging sie haarscharf an Vera vorbei, die ihr noch gerade ausweichen konnte. Zwar hätte Veras feinstoffliche Existenz nicht mit ihrer Tochter zusammenstoßen können, aber ein Durchdringen sollte laut Viktorias Rat möglichst vermieden werden, aus Rücksicht, weil es bei den Personen unangenehme Gefühle hervorrufen kann. Vera beobachtete wie Dara durch das Bullauge nachdenklich auf die Ostsee blickte.

„Du siehst müde aus, mein Kind“, seufzte Vera. Dara sah verwirrt in ihre Richtung, aber ihr Blick suchte vergebens nach etwas, was sie nicht sah, aber offensichtlich unterschwellig fühlte. Vera streckte unvermittelt die Hand aus, die in Daras Schulter versank. Dara wich zurück.

„Viktoria?“, fragte sie und sah sich suchend in der Kajüte um. „Ich weiß das du da bist. Kannst du mir nicht ein kleines Zeichen geben. Es würde mich sehr beruhigen. Ich mache mir Sorgen nicht mehr zurück zu finden. Kein prickelnder Gedanke, für

den Rest meines jetzt sehr beschränkten Lebens in dieser Zeit leben zu müssen." Sie lachte spöttisch. „Dann muss ich mir bald einen schlecht bezahlten Aushilfsjob in der Schiffsküche suchen."
Viktoria hatte einen blauen Diamant auf der Stirn, der wie ein drittes Auge wirkte. Das war ein Zeichen für die höchste spirituelle Ebene, das Stadium des Nichtmehrlernens. Damit beherrschte sie alle technischen Möglichkeiten, auf den Geist jedes Individuums einzuwirken, sofern er offen für ihre Schwingungen ist. Sie schloss ihre Augen und sandte einen weißen Lichtstrahl aus, der Daras Stirn traf. Dara schmunzelte. „Danke", sagte sie, legte sich ins Bett und schlief schnell ein.

*

Ich wachte gut ausgeschlafen auf, als der Kapitän gerade ankündigte, dass das Schiff in einer knappen Stunde im Hafen von Helsinki anlegen wird. Meinen Rucksack, den ich am Abend schon gepackt hatte, enthielt nur das nötigste was man für eine Reise braucht. Vorsichtshalber durchsuchte ich noch einmal alle Schränke. Es wäre für eine Zeitreisende katastrophal, wenn was liegen bleibt. Etwas später stand ich reisefertig im Korridor und warf einen letzten Blick in die geräumte Kajüte.
Mein planmäßiges Treffen mit John hatte ich vor der Abreise per Email mit ihm vereinbart. Ich studierte die Karte und stellte fest, dass der größte Teil meiner Reise noch vor mir lag. Langsam hatte ich genug von der altertümlichen Art zu Reisen und wünschte mir mein Shuttle zurück. Zuerst muss ich bis Mikkeli und dann in einem anderen

Zug umsteigen. Der wird mich dann zum Zielort bringen. Ein kleines Kaff, Kemijävi oder so ähnlich, hoch im Norden Finnlands. Dort wollte John mich zur Waldhütte bringen. Ich sah mich nach ihm um, als ich das Schiff verließ. Eigentlich könnten wir ja auch zusammen reisen da wir ja das gleiche Ziel haben, aber ich wusste das John bestimmt nicht dieser Ansicht war und machte mich auf zum Bahnhof. Eine lange Zugreise lag vor mir.

Und wieder rauschte die Landschaft an mir vorbei, während ich lässig im Sitzpolster versunken darüber nachdachte was ich mit der bevorstehenden Zeit anfange. Lesen, was essen, oder schlafen. Die beiden Letzteren verschob ich auf später und holte wieder dieses merkwürdige Buch hervor, welches mein früheres Leben in einer zukünftigen Welt beschrieb, die nach heutigen Datum erst in knapp zweihundert Jahren existieren wird. Eine Vergangenheit, die in der Zukunft liegt, in der es nur Frauen gab, in der ich als Shuttlepilotin größere Strecken zwischen den Kontinenten zurücklegte, oder die Passagiere zu Raumschiffen flog, die im Orbit parkten. Es waren große komfortable Luxusdampfer die die großen Distanzen zwischen Mond oder Mars überbrückten. Dort gab es kleine Städte die unter durchsichtigen Kuppeln lagen, mit kleinen Gewächshäusern und Produktionsstätten, die zwar ein Teil des täglichen Bedarfs deckten, aber immer noch auf „Muttererde" angewiesen waren. Zum Glück hat sich die Natur auf der Erde, trotz anfänglicher Endzeitszenarien im 21. Jahrhundert ganz gut gehalten. Irgendwie hat sie zwischen

Ölpest und Luftverschmutzung immer einen Weg gefunden zu überleben. Das galt besonders für uns Menschen, als die Männerwelt Ende des 21. Jahrhunderts weggestorben war und die Natur uns Frauen unerwartet unter die Arme griff. Es ist schon verblüffend wie genau er die Khatangafrucht, die uns Frauen zur Fortpflanzung dienen wird, beschrieben hatte. Noch verwirrender wird es, wenn ich darüber nachdenke, dass unser Zeitalter zum Beginn des dreiundzwanzigsten Jahrhunderts die Voraussetzung für die Ereignisse Mitte des einundzwanzigsten Jahrhunderts wurde, beziehungsweise wird. Welche Bedeutung hatte mein Abenteuer in der Urzeit, von dem ich nur lückenhafte Erinnerung habe, von einem Sohn, den ich dort zurück lies, und einen mir fremden Zeitreisenden, vor dem wir flüchten mussten?

Viktoria hatte versprochen mich wieder abzuholen, wenn es so weit ist. Wo? Natürlich konnte sie es mir nicht sagen. Das einzige was feststeht ist das es auf die selbe Art und Weise passieren wird wie ich in der physikalischen Ebene gekommen bin, nämlich mit einem Raumschiff.

„Getränke, Snacks, Brötchen?"

Ein junger Bahnmitarbeiter riss mich aus meinen Gedanken. Er lächelte mich auffordernd an. Er wollte gerade weitergehen, als ich mich entschloss ein Brötchen und ein Kaffee zu bestellen.

*

Eine grobschlächtige Kreatur saß hinter dem Steuerpult seines Shuttles und bediente mit seinen wulstigen Klauen die entsprechend groß

31

angelegten Bedienelemente. Er nahm Kurs direkt auf die Lichtung, die bereits als Landeplatz der Göttinnen diente. In den fünf Jahren in den sie sich hier im Urwald als helfende Engel präsentieren, manipulieren diese Wesen auf unzulässiger Weise die Evolution, war die Kreatur überzeugt und quittierte mit einem triumphierenden Lachen sie endlich erwischt zu haben. Er gehörte zu einer Spezies die als Zeitpolizei überall da eingriff, wo ihrer Meinung nach das Naturgesetz verletzt wurde. Er verfolgte die Spur dieser Engel über Jahrtausende und kam zu dem Schluss, dass sie die Ursache für das Aussterben der Spezies Mensch auf dem Planeten Erde sind. Den entscheidenden Eingriff in die Evolution glaubte er in diesem Moment gefunden zu haben. Die pure Anwesenheit der Frauen unter den Naturvölkern war es nicht. Das hatte er schon die ganze Zeit beobachtet und mit Einwilligung des obersten Rates toleriert. Erst als ein Mädchen namens Dara, die zu den engsten Kreis der Schülerinnen der obersten Mentorin Viktoria gehörte, ein Kind von einem der Uhreinwohner bekam, läuteten im Rat alle Alarmglocken und er erhielt den Auftrag das Kind aus die Zeitlinie zu entfernen. Er glaubte die Aufgabe mit einem gezielten Schuss erledigen zu können und aktivierte die Bordwaffe seines Shuttles. Mit Freuden beobachtete er wie die idiotischen Weiber statt in Deckung zu gehen mit dem Kind auf die Lichtung rannten.

„Danke und auf Nimmerwiedersehen", knurrte er mit seiner rauen tiefen Stimme als er einen blauen Energiestrahl abfeuerte, der Viktoria haarscharf verfehlte. Sie rannten auf Daras Shuttle zu, das am

Rand der Lichtung parkte. Im Moment als sie den Einstieg öffnete, traf ein weiterer Schuss Viktoria am Rücken und schleuderte sie in das Shuttle.

„Starte, flieg los", keuchte sie. Innerhalb weniger Sekunden stiegen sie im steilen Winkel in den Himmel, gefolgt von den erbarmungslosen Besucher, der sie weiterhin mit Schüssen attackierte. Dara konnte zwar durch ständige Kursänderung die Chance auf einen Treffer vermindern, aber nicht den Angriff erwidern. Das Shuttle verfügte über keine Waffensysteme.

„Was machen wir jetzt?" brüllte Dara in panischer Angst. Viktoria schnallte sich auf den Kopilotensitz an und hielt das Kind fest auf den Schoß. Sie zog ein ovales Amulett hervor, das an ihre Halskette hing, summte ein Mantra, während sie es mehrmals wendete. Es schien Licht von ihm auszugehen. Daras Sohn fand das alles lustig. Lachend versuchte er das Amulett zu greifen, welches vor Viktorias Brust pendelte, während sie weiterhin mit geschlossenen Augen das Mantra sang.

„Viktoria! Verdammt noch mal, sag was", fluchte Dara. Die blauen Lichtblitze zischten in kurzen Abständen rechts und links an das Shuttle vorbei, während Dara waghalsige Kurven flog. Ein Schuss erwischte das Shuttle am Heck ohne einen größeren Schaden anzurichten. Der Verfolger rückte immer näher. Unmöglich zu entkommen. Dara setzte zur Landung an, weil sie hoffte mit einer Notlandung im Dschungel wenigstens ein Hauch einer Chance zu haben.

„Bleib oben", gab Viktoria das Kommando, summte dann unbeirrt das Mantra weiter, während aus dem Amulett in ihrer Hand zunehmend Licht strahlte. Dara gehorchte. Auch wenn sie keine Ahnung hatte, wie sie den Verfolger entkommen würden, vertraute sie einfach auf Viktorias Zaubertrick. Nach mehrere Treffer begann das Shuttle zu taumeln. Dara verlor die Kontrolle über die Maschine.

„Ich muss notlanden!", schrie sie. Das Flugzeug senkte die Nase steil nach unten und trudelte mit zunehmender Geschwindigkeit den Boden entgegen. Mit geschlossenen Augen erwartete Dara den Aufprall und damit das Ende ihres Lebens. Anders als sie es sich immer gedacht hatte, nahm sie es nicht mit panischer Angst auf, sondern mit einer inneren Ausgeglichenheit, ja, sogar mit einer Vorfreude auf das nächste Leben, von dem sie immer überzeugt war, dass es besser wird.

*

Nachdem ich in den anderen weniger komfortablen Zug umgestiegen war, lief ich mindestens zehn mal vom letzten bis zum ersten Wagon, einerseits um mir die Beine zu vertreten, andererseits hoffte ich John zu finden. Leider erfolglos.

Der Zug erreichte viele Stunden später den Zielbahnhof und ich musste nicht lange den vereinbarten Treffpunkt suchen, an dem John mich abholen wollte. Leider wartete ich vergebens. Nun kamen mir Zweifel ob es richtig war mich auf ihm einzulassen. Schließlich bin ich nur meiner inneren Stimme gefolgt. War sie vielleicht doch nur eine Täuschung? Weil ich mich zu sehr nach Ruhe sehnte, habe ich mich gern auf Johns Angebot

eingelassen. Das klang auch zu gut. Verdammt, ich hätte kritischer sein müssen. Ich biss mir besorgt auf die Unterlippe, während ich die Gegend absuchte. Der Bahnhof lag an einer Landstraße die durch das Dorf führte. Weit auseinander, zwischen hochgewachsenen Tannen und Birken, versteckten sich die hübschen kleinen Häuser aus rot lackierten Holz, die ich schon während der Reise bewundert hatte, und meine Vorfreude auf mein neues Heim vergrößerte, nun aber durch Johns Verhalten zerstört wurde. Ich ging einfach die Straße herunter, in der Hoffnung, die Hütte vielleicht selbst zu finden, oder Hilfe von Einheimischen zu bekommen. Nach einer kurzen Strecke kam ich an einen kleinen Lebensmittelladen. Der Verkäufer, ein kleiner Mann mit einer Halbglatze und einem runden Gesicht begrüßte mich freundlich. Ich verstand die Sprache nicht, ich versuchte es zuerst mit meinem futuristischen Englisch, als das nichts brachte, mit Deutsch. Die Sprache wird in meiner Zeit zwar nicht mehr im öffentlichen Leben benutzt, aber als antike Sprache weiterhin gelehrt. Auch hier erwies sich meine Entscheidung eine alte Sprache zu lernen, als sehr nützlich. Der Mann sprach perfekt deutsch und erzählte mir stolz das er früher einmal in Deutschland gearbeitet hatte, bevor er wieder nach Finnland zog um diesen Laden zu eröffnen. Besser konnte es nicht kommen, denn als ich ihm von meinem Problem erzählte, wusste er sofort welche Hütte ich suchte.
„Die ist aber mindestens zwei Kilometer von hier. Sie gehen immer die Straße entlang, bis ein Weg rechts in den Wald führt und dann noch fünfhundert Meter", sagte er und auf seiner Stirn

kräuselten sich Falten, als er mich besorgt musterte. „Für ein junges Mädchen wie Sie ist das kein guter Ort zum wohnen. Dort gibt es nur ein Plumpsklo hinter der Hütte, und es laufen wilde Tiere herum“, warnte er und schlug mir vor hier im Dorf eine komfortable Pension zu nehmen. Ich bedankte mich für seine fürsorgliche Art, blieb aber bei meiner ursprünglichen Entscheidung.
„Das ist genau was ich jetzt brauche“, beruhigte ich ihn und sah mich in den Laden um. „Und gleich nebenan einen Supermarkt in dem nichts fehlt. Was will ich mehr.“
„Einen Schlüssel für die Hütte“, antwortete der Mann schlagfertig. Mit verschränkten Armen blickte der kleine rundliche Mann schmunzelnd zu mir herauf. Das hatte ich in der Aufregung ganz vergessen. John hat ja den Schlüssel. Zu blöd.
„Das Problem ist, dass mir dieser Schuft versprochen hatte dort kostenfrei wohnen zu können, wenn ich mich um das Haus kümmere.“
Ich brauchte nicht mehr weiter zu reden. Sein Gesichtsausdruck verriet, dass er die Lösung schon wusste.
„Hör zu, junge Frau. Wie ist eigentlich dein Name?“, wechselte er unvermittelt ins Du.
„Dara“, antwortete ich etwas überrascht, aber auch erleichtert, so schnell sein Vertrauen gewonnen zu haben.
„Nenn mich einfach Husky.“ Er holte aus einer Schublade an der Ladentheke einen Schlüssel. „Der Eigentümer dieser Hütte hat mir für den Notfall einen Ersatzschlüssel gegeben. Ich denke das ist ein Notfall. Du musst schließlich irgendwo schlafen.“ Er drückte mir den Schlüssel in die

Hand und auf seiner Stirn erschienen wieder leichte Sorgenfalten." Wenn du da oben Probleme hast, melde dich bei mir. Wenn nicht, werde ich selbst vorbei schauen, ok?"

„Keine Sorge, ich werde mich auf jeden Fall melden. Schließlich muss ich ja noch was einkaufen."

Überglücklich bedankte ich mich für alles bei ihm und verließ den Laden. Ein Teil meines karmischen Potenzials hatte sich schon erfüllt. Neugierig machte ich mich auf den Weg.

*

Dara sah die Baumkronen auf sich zukommen. Doch bevor das Shuttle die Nase dort hinein bohren konnte, schob sich plötzlich ein längliches Flugobjekt dazwischen. Die unvermeidliche Kollision blieb aus, als das Shuttle wenige Meter abrupt verlangsamte und dann ganz zum stehen kam. Es hing frei in der Luft, die Spitze auf das fremde Flugobjekt gerichtet. Alles stand still und erstarrte zur Bewegungslosigkeit. Eine Klangkaskade ertönte, als würden tausend Weingläser gleichzeitig zum schwingen gebracht und steigerte kontinuierlich die Tonhöhe. Dara war unfähig sich zu bewegen. Sie konnte nicht mit Viktoria sprechen, noch irgend etwas anderes tun. Sie erinnerte sich, diesen aufsteigenden Klang schon mal erlebt zu haben, als sie während ihrer interstellaren Reise mit Viktorias Hilfe die Lichtgeschwindigkeit überschritt. Als jetzt der Klang ebenfalls über die menschliche Hörschwelle stieg, löste sich für ein Augenblick die Umgebung in weißes Licht auf, verwandelte sich in rotes Licht, um kurz darauf wieder zu erscheinen. Die Bewegungsabläufe, die angehalten schienen, erwachten zum Leben. Dara sah, wie ihr eigenes Shuttle zwischen den Bäumen auf den Boden krachte und in Flammen aufging.

„Wo zum Teufel sind wir?", schrie sie und erschrak als sie eine Hand auf ihrer Schulter spürte. Es war Viktoria. Sie saß neben ihr. Das Kind auf dem Schoß. Sie befanden sich in einem kleinen Raum. Rechts und links erlaubten breite Fenster einen Blick nach draußen. Weit unter ihnen erstreckte sich der Urwald bis an den Horizont.

„Wie du siehst, fliegen wir über den Dschungel", antwortete Viktoria und tätschelte das Kind.

Gerade hatte Dara sich etwas beruhigt, als sich eine Tür vor ihr öffnete und eine halbnackte weibliche Kreatur mit einem zornvollen Lächeln den Raum betrat. Sie war nur mit einer Lendenschürze und einer Kopfbedeckung bekleidet, hatte eine lange Halskette, die anstatt Perlen Knochen trug. An ihren dicken Brustwarzen hingen große silberne Ringe. Demütig verneigte sich die Frau vor Viktoria und sprach dabei in einer Sprache die Dara nicht verstand. Es klang wie ein Singsang, fernöstlichen Sprachen ähnlich. Manchmal riss die Frau, während sie zu Viktoria sprach, die Augen weit auf und ihre Stimme bekam einen aggressiven Klang.

„Was sagt sie", wollte Dara wissen.

„Sie sagt, sie hätten unseren Verfolger überwältigt und gefangen genommen."

Die Frau beugte sich zu Viktoria herunter, ihre weit aufgerissenen grün leuchtenden Augen traten etwas hervor, als sie Viktoria in einen bedeutungsvollen Tonfall eine Frage stellte. Viktoria schüttelte daraufhin energisch den Kopf und wiederholte immer wieder ein Wort das nur „Nein" bedeuten konnte. Die Dame stieß einen grässlichen Schrei aus, bevor sie sich in einer trotzigen Geste entfernte.

„Sie sind sehr launisch, die Dakinis", erklärte Viktoria, setzte das Kind vor sich ab und beobachtete mit besorgten Gesichtsausdruck, wie es neugierig die fremde Umgebung erkundete.

„Er muss zurück zu seinem Vater. Wenn er dort aufwächst, wird er deine Erbinformationen an Frauen aus dieser Zeit weitergeben. Du kannst dir jetzt sicher vorstellen wofür das gut ist."

„Ich erschaffe die Welt aus der ich gekommen bin", schlussfolgerte Dara.

Viktoria schüttelte den Kopf. „So einfach ist das nicht. Du hast lediglich einen Samenkorn gepflanzt. Damit dieser zu einen gesunden Baum heranwächst, müssen begleitende Bedingungen vorhanden sein. Das ist unsere Aufgabe dafür zu sorgen." Sie nahm das Kind, liebkoste es zärtlich bevor sie Dara ihren Sohn auf den Schoß setzte.

„Es ist vor allen deine Aufgabe, aber sei unbesorgt, wir werden dir dabei helfen."

„Wen meinst du mit wir?"

Viktoria deutete auf die Tür, durch die die Dakini-Frau den Raum wutschäumend verlassen hatte.

„Es gibt eine große Gemeinschaft, die uns freundlich gesonnen sind, auch wenn es nicht immer so aussieht. Andererseits gibt es auch Feinde, die wie Freunde erscheinen."

„Du sprichst immer so geheimnisvoll, Viktoria.

Woher weiß ich eigentlich, ob du Freund oder Feind bist.?"

„Was meinst du?"

Dara stutzte. Unterdessen setzte das Raumschiff zur Landung an. Die Tatsache forderte nun ihre ganze Aufmerksamkeit. Sie erkannte die Lichtung, von der sie gestartet waren. Als sich die Tür öffnete, postierten sich dort hintereinander fünf Dakinis. Mit ihrem Sohn im Arm, schritt sie zögerlich an den Frauen vorbei. Viktoria sprach zu ihnen. Es klang nach einem Befehl. Dann wandte sie sich Dara zu.

„Wir gehören nicht in dieser Zeit. Darum müssen wir weiterreisen. Wenn wir hier unser ganzes Leben als physische Existenz verbringen würden, wäre keinen geholfen. Eine Verschwendung unsererseits. Wir verlieren nämlich unsere überirdischen Fähigkeiten, wenn wir zu lange zwischen den normal Sterblichen verweilen. Die Einheimischen verlieren ebenfalls ihre eigenen irdischen Geschicke, die sie zum Überleben brauchen, wenn wir sie zu sehr verwöhnen."

„Ich soll mein Kind hier zurücklassen?", empörte sich Dara und wandte sich von Viktoria ab, ließ den Blick besorgt über die Lichtung schweifen, den Kleinen fest umklammert in ihren Arm. „Das kann ich nicht, Viktoria. Entweder er kommt mit, oder ich bleibe hier. Er braucht unseren Schutz. Es gibt Wesen die ihm nach den Leben trachten."

„Das ist richtig", bestätigte Viktoria, „deshalb müssen wir zurück in unsere Dimension. Nur dort können wir sie wirksam bekämpfen, weil sie wie wir aus der feinstofflichen Welt hier herunterkommen."

„Er ist noch zu klein, ich kann ihn doch nicht einfach hier zurücklassen", schrie Dara und lief in Richtung Wald.

„Dara, bleib ruhig." Viktoria folgte ihr. „Wir bringen ihn zu seinem Vater."

„Zu den Wilden? Ich soll ihn mit dem Buschvolk allein lassen?"

„Du bist unfair", schimpfte Viktoria, „diese Menschen können besser für ihn sorgen als du. Sie besitzen die Fähigkeit in der Natur zu überleben. Genau das soll er lernen, denn er gehört in diese Zeit, nicht du."

Dara folgte den Pfad, der zu den Höhlen des Stammes führte, in den sie fünf Jahre lang lebte. Sie hatte nicht vor das Kind hier zurück zu lassen und war entschlossen zu bleiben. Sollte Viktoria doch weiterreisen.

„Wenn ich weg bin wirst du alles vergessen, du wirst dich dann nicht mehr an mich erinnern und ich könnte dich nicht mehr in unsere Welt aufnehmen", mahnte Viktoria, die Dara eingeholt hatte und sanft ihre Schulter berührte. Dara zuckte zusammen. Als sie sich umdrehte blendete sie ein blauer Lichtstrahl.

Sie verlor das Bewusstsein.

*

Hinter einer Baumreihe verborgen fand ich nach einem langen Marsch endlich die Hütte. Ein niedliches kleines Haus. Voller Vorfreude zog ich den Schlüssel aus der Tasche und stampfte durch das hohe Gras auf den Eingang zu, der direkt in einem Windfang führte. Das Schloss hakte und ich befürchtete hier das falsche Haus vor mir zu haben. Mit etwas Geduld und Rütteln öffnete sich die Tür. Ein muffiger Geruch stieß mir in die Nase, während ich mich neugierig umsah. Dicke Balken stützten den Holzboden der oberen Etage, zu der auf der rechten Seite eine schmale ausgetretene Wendeltreppe führte. Ich stieg hinauf, stieß mir den Kopf an einen Dachbalken. Die Deckenhöhe erlaubte mir nur eine leicht geduckte Haltung. Ein Vorhang teilte das Zimmer in einen Schlafraum mit rustikalem Doppelbett und einen Abstellraum mit breiten Kleiderschrank, in dem Bettbezüge sorgfältig aufgereiht lagen. Ich setzte mich auf das Bett. Die Matratze gab ein wehleidiges Quietschen von sich. Nachdem ich die Fenster weit geöffnet hatte, sah ich mir die untere Etage genauer an. Dort gab es eine Küchenzeile bestehend aus einem Gasherd, Spüle und einem Kühlschrank, der ebenfalls mit Gas betrieben wurde. Eine Gaslampe hing tief über einen runden Tisch mit drei Stühlen. Hinter dem Vorhang verbarg sich eine Dusche mit einer Handpumpe. Man muss bei der Körperpflege also richtig arbeiten um das Wasser aus dem Erdreich hoch zu pumpen. Ein kleiner runder Ofen stand unmittelbar neben der Dusche. Hier wurde also tatsächlich mit Holz geheizt. Ich schüttelte den Kopf und schmunzelte. Zu meiner Zeit wäre es eine Schandtat gewesen Holz zu verbrennen. Die wenigen Waldbestände die wir noch hatten, wurden wie Juwelen behandelt. Dies ist ein Paradies, Holz im Überfluss! Der Ofen erwärmte nicht nur die Hütte, sondern auch das Wasser, welches durch einen einfach konstruierten Wärmetauscher lief. Ich öffnete auch hier unten alle Fenster. Ein kleiner verwilderter Garten säumte die Rückseite des Häuschens. Dort erhob sich ein quadratischer Holzbau. Ist wahrscheinlich das Plumpsklo, von dem der Mann sprach. Na ja, seitdem ich jahrelang mit Völkern aus der Uhrzeit zusammengelebt habe, bin ich schlimmeres gewöhnt. Zufrieden lehnte ich mich aus dem Fenster und machte mich mit der Umgebung vertraut. Es gab kein benachbartes Haus in Sichtweite, ich kann hier ungestört meditieren und eins mit der Natur sein. Aber zuerst sind noch einige Dinge zu erledigen. Voller Elan machte ich mich an die Arbeit.

Nach gut zwei Stunden hatte ich die Bude halbwegs sauber und lag erschöpft im Bett und döste vor mich hin. Die Bettdecke aus dem Schrank roch mir etwas zu muffig, weshalb ich meinen Schlafsack vorzog. Nach einer kalten Dusche fühlte ich mich angenehm frisch und genoss die Ruhe. Den Einkauf verschob ich auf den nächsten Tag und begnügte mich mit den Resten aus meinem Rucksack. Ein Fahrrad könnte ich gebrauchen. Vielleicht sollte ich den netten Herrn aus den Laden mal darauf ansprechen. Wie heißt er noch? Ach ja, Husky. Zufrieden wälzte ich mich auf die Seite und schlief ein.

Im meinem Traum traf ich mich mit Viktoria. Ob sie darin nur meiner Vorstellungskraft entsprungen war, oder wirklich eine telepathische Verbindung zu Grunde lag, konnte ich nicht herausfinden.

Ein lautes brummendes Geräusch holte mich aus den Schlaf. Ein Auto ächzte langsam den Waldweg herauf und kam schließlich auf die Wiese zum Stillstand.

Es war nicht Husky, wie ich zuerst vermutete. Ein hochgewachsener Mann stieg zögernd aus dem Auto. Scheinbar nicht sicher ob er hier richtig ist, denn er sah mehrmals auf einen Zettel, den er aus der Seitentasche zog. Anders als die meisten männlichen Wesen trug er sein Haar lang. Zu einem Zopf gebunden lag es etwas zerzaust auf den Schultern. Als er auf die Eingangstür zuging zog ich mir schnell was an und öffnete die Tür. Erschrocken wich er zurück, denn er wollte gerade die Tür aufschließen. Ich wunderte mich sehr darüber, dass er einen Schlüssel besaß. Spielte Husky ein dummes Spiel mit mir?

„Oh, sorry, da bin ich wohl falsch hier", sagte er und blickte nachdenklich auf den Zettel, den er erneut aus der Tasche zog. „Ich suche eine ähnliche Hütte wie diese. Nach der Wegbeschreibung müsste sie hier sein. Gibt es hier in der Nähe eine weitere?"

„Ich bin auch heute erst angekommen, da kann ich ihnen nichts zu sagen", antwortete ich.

„Sie haben einen Schlüssel? Probieren sie erst mal."

Der Schlüssel passte.

„Das muss dann wohl ein Missverständnis sein."
Etwas verwirrt sah er sich um.

Irgendwo hatte ich den Typ schon mal gesehen, konnte mich aber nicht erinnern wo. Er sah erschöpft aus. Als er mir erzählte das ein tätowierter Typ ihm diese Unterkunft angeboten hatte, versuchte ich John über mein Handy zu erreichen, um ihm zu fragen was der Blödsinn soll. Viel Hoffnung machte ich mir nicht. Während meiner Reise hatte ich es mehrmals erfolglos versucht. Der Empfang war schlecht und der Akku fast leer. Wie ich erwartet hatte: Leider nicht zu erreichen.

„Hatte ich auch schon versucht. Ich glaube wir sind auf einen Betrüger hereingefallen", vermutete er, „aber was sollte das? Geld hat er ja nicht genommen."

Ich hatte so eine Ahnung, die vielleicht mit der Erfüllung meines karmischen Potenzials zu tun hat.

„Zum Glück habe ich ein Zelt dabei. Wenn sie nichts dagegen haben, würde ich es dort aufbauen. Morgen schau ich mal wo ich dann wohne", schlug er vor und signalisierte, dass er nicht vorhatte einen Anspruch auf dieses Haus zu stellen. Seine zurückhaltende Art gefiel mir, löste aber gleichzeitig einen inneren Konflikt in mir aus. War es richtig das Haus für mich zu beanspruchen, während er sich nach einer neuen Bleibe umsah? Oder sollte ich statt dessen ihm das Haus anbieten? Es gab noch eine dritte Möglichkeit...

„Kein Problem, morgen sehen wir weiter", sagte ich.

Er schmunzelte zufrieden. „Danke, ich bin nämlich tierisch müde. Hoffentlich erreiche ich morgen diesen John." Er wandte sich ab und ging zu seinem Wagen.

„Brauchen sie Hilfe beim Zeltaufbau?"

Er winkte ab. „Nein das geht schon. Danke."

Ich kroch in meinen Schlafsack und versank rasch in einen wunderschönen Traum, in dem ich mich mit Viktoria und meine Mutter Vera traf. Wir saßen zusammen auf eine Terrasse an einem weißen Strand mit Palmen. Der Himmel strahlend blau und das Wasser klar. Bei der Vorstellung wieder auf zu wachen, bekam ich Heimweh auf die Welt aus der ich gekommen war. Mir erschien es schwachsinnig in einer Hütte in Finnland bei primitiven Bedingungen zu hausen, wo ich es in der feinstofflichen Dimension mit Leichtigkeit viel komfortabler haben könnte.

„Nein das geht jetzt noch nicht. Die Zeit dafür ist noch nicht gekommen", wehrte Viktoria ab, als ich sie bat mich wieder zurück zu holen. „Du machst das nicht zum Spaß, sondern erfüllst einen Zweck, der letztendlich deine Existenz bei uns sichert. Du bist noch nicht ganz hier. Da gibt es noch unerledigte Elemente in der physikalischen Welt."

„Die wären?", fragte ich trotzig.

Viktoria schmunzelte nur und meinte damit: Kein Kommentar.

„Nimm es doch als schönes Abenteuer", schlug meine Mutter vor.

„Ich selbst finde es als angenehme Abwechslung mal in der physikalischen Dimension zu leben", ergänzte Viktoria.

„Ach ja, wo wir gerade dabei sind. Was ist mit meinem Sohn, den wir, nein, *du* in der unwirtlichen Urzeit zurück gelassen hast?"

Viktoria und meine Mutter sahen mich eine Weile besorgt an, sagten nichts. Dann lösten sie sich einfach auf und mit ihnen die Umgebung, der Strand, die Palmen.

Diffuses Mondlicht drang durch das Fenster der Blockhütte als ich aus meinem Traum erwachte. Draußen herrschte Totenstille. Bäume und Sträucher wirkten wie bedrohliche Gestalten. Irgendwie unheimlich. Offensichtlich muss ich mich an das Einsiedler-Leben noch gewöhnen. Da erwies sich mein neuer Nachbar im Vorgarten als willkommene Fügung. Ich setzte mich aufrecht hin und begann mit einer Meditation. Anstatt mich auf meinen Atem zu konzentrieren grübelte ich über die unerledigten Elemente nach, die Viktoria in meinem Traum erwähnte. Sinnlos. Warum lasse ich nicht einfach die Dinge auf mich zukommen? Ich legte mich wieder hin und beruhigte mich mit den Gedanken, dass Viktoria und meine Mutter mich nicht im Stich lassen werden.

Mein Körper hatte nun den Schlaf eingefordert, den er während der Reise nicht bekommen hatte. Darum wachte ich erst nach rund zehn Stunden Schlaf gegen Mittag auf. Ich machte mich auf den Weg zu Huskys Laden. Das Zelt meines Nachbarn stand noch da, aber nicht sein Auto. Er sah sich wahrscheinlich gerade nach einer neuen Unterkunft um, wie er gestern ankündigte. Im Geheimen hoffte ich ihn im Laden zu treffen. Das bestätigte sich leider nicht als ich endlich den Laden betrat. Husky, der mich herzlich begrüßte, konfrontierte ich gleich mit meinem dringendsten Anliegen, nämlich ein Fahrrad. Dann kam ich auf meinen Nachbarn zu sprechen.

*

Claudio schaltete den Motor seines Wagens ab und atmete tief ein und aus. Nach einer langen Autofahrt quer durch Finnland kam er gestern spät abends hier an. Das bei der Vermittlung seiner Unterkunft offensichtlich was schief gelaufen ist, störte ihm nicht so sehr. Er war am Ziel und die

Fahrerei erst einmal zu Ende. Früh morgens hatte er sich bereits in der näheren Umgebung erfolglos nach einer alternativen Unterkunft umgesehen. Ebenso erfolglos blieben Versuche diesen ominösen John zu erreichen.
Da Claudio ein unverbesserlicher Optimist war, hielt sich auch hier sein aufkeimender Ärger in Grenzen. Ein Gefühl sagte ihm, das John ihn nicht betrügen wollte.
Er stieg aus dem Wagen und blickte zu der roten Blockhütte herüber, die John ihm vermittelt hatte und die überraschenderweise von einer hübschen jungen Frau bewohnt wurde. Er verwarf die Idee bei der Frau anzuklopfen und wandte sich seinem Zelt zu. Als er hinein kroch, wurde ihm bewusst das er seine geplante Auszeit aus dem Berufsleben so beengt nicht vorgestellt hatte. Deshalb hatte er sich in seinem Vorbereitungen auch intensiv darum bemüht eine günstige Unterkunft zu bekommen. Er wollte nicht weiter darüber nachdenken, denn er hatte Hunger. Claudio öffnete die Heckklappe um sich etwas zum essen zu bereiten. In wenigen Minuten hatte er Stuhl und Klapptisch aufgebaut. Gerade als er begann sich eine Stulle zu schmieren, hörte er ein Auto. Ein großes Wohnmobil fuhr kurz darauf auf das Grundstück der Hütte und kam neben seinem Wagen zum stehen. Zuerst dachte er John hätte ein weiteren Abenteurer zum Narren gehalten, aber als sich die Tür öffnete, erkannte er Husky den er vorher beim Einkauf kennen gelernt hatte. Auch die junge Dame stieg aus dem Wagen. Zusammen mit Husky entlud sie ein am Heck befestigtes Fahrrad.
„Na gut geschlafen“, sagte sie, während sie das

Fahrrad schiebend auf Claudio zuging. Er nickte und nuschelte was unverständliches vor sich hin. Husky kam hinzu und deutete auf das Zelt. „Eine schlechte Alternative zu einer Blockhütte. Mir ist es egal ob das Wohnmobil nun hier steht, oder unten im Dorf." Er reichte Claudio den Schlüssel. „Ich weiß zwar nicht wie lange du hier bleiben willst, aber die nächsten sechs Wochen werde ich nicht verreisen. So lange kannst du drin wohnen. Da hast du ein Herd und eine Toilette. Ist doch besser als deine Hundehütte", sagte er augenzwinkernd. Claudio, überwältigt von Huskys Angebot und das damit entgegengebrachte Vertrauen, nahm während er sich aus seinem Campingstuhl erhob, den Schlüssel und bedankte sich herzlich.

„Was willst du denn für die Nutzung deines Wohnmobils haben", fragte er, weil er es für notwendig und fair hielt. Husky winkte ab. „Kaufe alles was du brauchst bei mir." Er lachte. „Miete will ich nicht haben. Wenn du aber damit fahren möchtest, muss ich es vorher wissen."

„Werde ich nicht", versicherte Claudio, „ich hab ja meine Karre hier."

„Okay, ich dachte nur falls du Lust auf einen Standortswechsel hast, weil dir die junge Frau hier auf die Nerven geht." Husky wechselte schmunzelnd einen kurzen Blick mit ihr. Claudio wirkte etwas verlegen. „Ach warum", stotterte er, „warum sollte sie das."

Sie lehnte das Fahrrad an einem Baum und reichte Claudio die Hand. „Da sie mit diesen Herrn schon per Du sind... Ich bin Dara. Auf gute Nachbarschaft."

Claudio schmunzelte und wirkte ein wenig überrascht. „Dara? Schöner Name." Er reichte ebenfalls die Hand. „Und nochmals vielen Dank für alles. Das ist wirklich sehr nett."

*

Zufrieden setzte ich mich in meinem neuen Heim an den Tisch und trank einen Kaffee. Dann entschloss ich mich aber spontan nach draußen in den verwilderten Garten zu gehen um die Sonne auf mich wirken zu lassen. *Danke Viktoria* dachte ich und sah in den blauen Himmel. *Die Sache scheint echt spannend zu werden.* Der neue Nachbar kam mir irgendwie bekannt vor. Plötzlich hatte ich da eine Idee. Ich sprang auf, lief ins Haus und kramte aus dem Rucksack das merkwürdige Buch hervor. Das Bild auf der Buchrückseite. Alles klar. Daher kannte ich sein Gesicht. Der Autor der mein Leben aus meiner vergangenen Zukunft beschrieben hat, wohnte dort drüben im Wohnmobil. Zuerst dachte ich das er ein Zeitreisender ist und ursprünglich aus meinem Zeitalter stammt. Aber bei uns gab es keine Männer. Dann muss sie eine männliche Form angenommen haben. In der feinstofflichen Welt kein Problem. Ich könnte ihn fragen, aber verstoße ich dann wieder gegen ein Gesetz für Zeitreisende Engel?
Andererseits muss ich ihn ja nicht direkt fragen...
Nachdem ich mehrmals an die Tür des Wohnmobils klopfte, öffnete er. Er hatte offensichtlich geschlafen. Seine Haare, offen und zerzaust, bedeckten zum Teil sein Gesicht. Er

schmunzelte und seine grünen Augen funkelten.

„Hab ich dich geweckt?", fragte ich.

„Ja, aber ich wollte sowieso aufstehen. Komm rein." Er ging zu der Kochnische und setzte einen Wasserkessel auf. „Kaffee oder Tee?"

Ich entschied mich für den Tee. Während er den Darjeeling aufgoss, bedankte er sich bei mir. Schließlich hätte ich ja Husky gefragt.

„Na direkt gefragt habe ich nicht", stellte ich klar, „ich wollte mir nur das Fahrrad ausleihen und erwähnte nur so nebenbei das du auch einen Schlüssel hast. Er schien aber nicht sonderlich überrascht zu sein und meinte nur, das dass John wieder ähnlich sehe."

Claudio setzte sich zu mir an den Tisch während er mir die Tasse Tee reichte. Vorsichtig schlürfte er an seinen Cappuccino.

„Wie meinte er das?"

„Er kennt ihn schon länger und wird nicht richtig schlau aus ihm. Angeblich gehört die Hütte einem Freund. Der ist aber noch nie hier aufgetaucht. Dafür kommen immer wieder Fremde, denen er die Unterkunft zur Verfügung stellt. Da kam es schon öfter zu Überschneidungen", erklärte ich ihm und dachte an das Gespräch mit John auf der Fähre. *Ich bringe zusammen was zusammen gehört* hatte er gesagt und er schaffe so günstige Rahmenbedingungen für das karmische Potenzial.

„Mhh, dann war das wohl kein Irrtum wie ich es erst vermutete, sondern Absicht", meinte er.

„Das glaube ich auch. Vielleicht hat es hiermit zu tun", sagte ich, während ich das Buch *Welt ohne Zeit* auf den Tisch legte. Er sah es eine Weile an, nahm es in die Hand, blätterte durch die Seiten als wollte er die Echtheit überprüfen und legte es wieder hin.

„Das gibt es hier in Finnland zu kaufen?"

„Nicht in Finnland. In Berlin. Dort habe ich es an einer Bushaltestelle gefunden. Es hatte jemand mit Absicht dort liegen gelassen. Auf dem Cover klebte ein Zettel: zum Mitnehmen. Bist du der Autor, oder hast du einen Doppelgänger?" Ich zeigte auf das Bild auf der Rückseite.

Er schmunzelte. „Nein, das bin ich. Und, hast du es gelesen?"

„Ja, zum Teil. Interessante Ideen. Wie bist du darauf gekommen?"

„Ich lese viel Science-Fiktion und Fantasie", sagte er, lehnte sich zurück und nippte an seiner Tasse. „Ich praktiziere seit einigen Jahren buddhistische Meditation und habe mich davon inspirieren lassen. Ich habe versucht mir vorzustellen welche Realität sich hinter den religiösen Weisheiten verbirgt. Das kann man gut machen, wenn man sich Protagonisten ausdenkt, die vor dem geistigen Auge in diese unbekannte Welt vorstoßen. So habe ich gewissermaßen Viktoria kennen gelernt. Die hatte ich noch nicht im Grundkonzept vorgesehen. Anfangs ging es nur darum das die Shuttlepilotin Dara mit ihrer Mutter eine interstellare Rei..." Er stockte als ihm offensichtlich die Namens-Gleichheit mit mir bewusst wurde. Schmunzelnd lehnte ich mich zurück.

„Das ist ja witzig", fuhr es aus ihm heraus.

„Das ist sicher kein Zufall", gab ich zurück.

So wie es jetzt aussah spielte Claudio eine wichtige Rolle bei den unerledigten Elementen, die ich laut Viktoria noch hier in der physikalischen

Welt zu erledigen habe.

„Da du das Buch gelesen hast, weißt du auch das ich nicht an Zufälle glaube."

„Na dann weißt *du* jetzt auch das die Dara, die du in deinen Roman beschreibst, vor dir sitzt", gab ich zurück.

Er schmunzelte. „Ich fände es toll wenn es so wäre. Du bist sicher hier um mich mitzunehmen in Viktorias Dimension." Er erhob sich und blickte aus dem Fenster. „Wo hast du dein Shuttle versteckt? Dort im Wald?" In seiner Stimme klang ein ironischer Unterton als er das sagte. Er glaubte nicht wirklich daran, auch wenn er es sich sehnlichst wünschte. Die Welt aus der ich komme war für ihm nur Fantasie. An mir lag es nun dafür zu sorgen das es für ihn Realität wird.

*

Viktoria hielt Dara am Arm fest. Mehrmahls stieß sie einen lauten Befehl aus, zu den Dakinis, die am Shuttle warteten. Als sie eintrafen waren auch einige Uhreinwohner des Dschungels aufmerksam geworden. Darunter auch der Vater von Daras Sohn. Er trat aus der Gruppe heraus, die sich, als sie Viktoria sahen, ehrfürchtig verneigten. Er sah Dara, die reglos in Viktorias Arm hing. Viktoria vermittelte ihm in seiner einfachen Sprache das Dara, die die Uhreinwohner *Ra* nannten, schwer krank sei und nun in das Reich der Götter zurückkehrt. *Ri* senkte traurig den Kopf, doch als er seinen Sohn *Jus* gesund und munter auf den Boden sitzend im Dreck spielen sah, strahlte er voller Freude. Respektvoll näherte er sich Viktoria und beugte sich zu den Kleinen herunter, der, als er seinen Vater erkannte, vergnügt mit seinen Füßen strampelte.

Viktoria nahm *Jus* sanft in den Arm und lächelte ihn an. Mit einer Geste des Vertrauens legte sie das Kind in die Arme seines Vaters. In einer feierlichen Weise teilte sie der Gruppe mit, dass sie für lange Zeit fort sein werde.

„Trotzdem bin ich immer noch bei euch", gab sie den Uhreinwohnern zu verstehen. „Da ihr nun wisst das es mich gibt braucht ihr nur an mich zu denken und ich werde euch helfen, nicht leibhaftig, aber in euren Herzen." Sie deutete auf *Jus*. „Er trägt unsere und eure Weisheit, er ist ein Teil von uns und von Euch, vergesst das nie."

Viktoria zog ihr Amulett hervor und sang ein Mantra. Die Dakinis begleiteten den Gesang mit ihren hohen Stimmen, die den gesamten Wald durchdrangen. Tatsächlich verstummte augenblicklich jegliches Vogelgezwitscher und auch die kreischenden Affen lauschten stumm den fremdartigen Gesang. Rotes Licht strahlte von dem Amulett aus, so hell, dass es das Tageslicht übertraf. Geblendet schützten die Einheimischen mit den Händen die Augen, während sie sich rückwärts laufend zurückzogen.

Von diesen Tag an sahen sie Viktoria, Dara und die Dakinis nie mehr wieder. Jus wuchs in der Gemeinschaft auf und wurde später zu ihren Stammesführer ernannt.

*

Tief in der Nacht stapfte ich ohne Licht schläfrig

auf das Toilettenhäuschen im Garten zu. Plötzlich hörte ich eine Stimme und hätte mich vor Schreck fast in die Hose gemacht. Die Stimme kannte meinen Namen und sie klang vertraut. Es war Vera meine Mutter, aber ich konnte sie nicht sehen.

„Ma, wo bist du?" Ich lief in meinem Schlafanzug suchend durch den Garten, stolperte über herumliegendes Gehölz und zerriss mir dabei die Hose. Als ich ins Haus zurückkehren wollte um eine Taschenlampe zu holen, stand sie plötzlich vor mir. Trotz der Dunkelheit sah ich meine Mutter so gut wie bei Tag, denn sie strahlte buchstäblich von innen. Das wirkte anfangs gespenstisch und ich brauchte einige Zeit um mich daran zu gewöhnen. Mit offenen Mund stand ich da und sagte nichts. Vera war sich offensichtlich nicht sicher ob ich sie sehen konnte oder nicht. Zögerlich trat sie ein Schritt vor und beobachtete mich.

„Kannst du mich sehen?"

„Na klar, und wie", antwortete ich überglücklich und wollte sie umarmen. Zu spät fiel mir ein, das dass nicht möglich ist und meine Arme sackten ungehindert durch ihre Schultern, während ich tapsig versuchte mein Gleichgewicht wieder herzustellen.

„Nett dich wiederzusehen. Wie hast du das gemacht?"

„Ich habe nichts gemacht."

„Naja, ich hoffe das das so bleibt. Ist Viktoria auch hier?" Ich sah mich suchend um. Auf dem Parkplatz schimmerte ein schwacher Lichtschein aus Claudios Wohnmobil.

„Nein, heute bin ich ohne Viktorias Hilfe durch die Sphäre unterwegs. Das klappt schon sehr gut."

Vera schmunzelte. „Wenn ich mich verirren sollte habe ich noch das Notrufmantra.“

„Aha. Und wie läuft es bei euch in der anderen Dimension?“

„Einfach unbeschreiblich. Viktoria hatte mit mir eine Verschmelzung zelebriert. Danach hatten wir dich auf dem Schiff besucht, aber du konntest uns nicht sehen.“

„Ja, aber ich habe es gefühlt, Ma. Ich war auf dem Schiff etwas frustriert über das merkwürdige Gespräch mit diesen John, der mir gleich die kalte Schulter zeigte, als ich mich zu erkennen gab. Ihr habt mich durch eure unsichtbare Anwesenheit wieder aufgebaut.

Kannst du dich vielleicht auch an einem Gespräch mit Viktoria und mir erinnern? Du warst auch dabei. Wir saßen zusammen auf einer Terrasse an einem See. Ich habe das zwar nur geträumt, glaube aber, dass mein subtiler Geist bei euch war“, spekulierte ich.

Vera überlegte kurz. Während sie dies tat verblasste ihre Erscheinung und ich befürchtete das wir uns verlieren.

„Nein, ich war nicht dabei. Gut möglich das Viktoria im Traum mit dir gesprochen hat.“

„Ich wollte mit ihr über meine Erinnerungen aus der Steinzeit sprechen und schwups war ich wach.“

Vera lachte. „Du meinst sie hat dich aus deinem Traum geworfen.“

Mir wurde es in meinem Schlafanzug kalt und verschränkte fröstelnd die Arme vor der Brust.

„Ma, erinnerst du dich noch als du einen Körper aus Fleisch und Blut hattest? Er neigt bei kühlen Temperaturen zu frieren. Darum würde ich dich

gern in meinem Heim einladen. Ich möchte noch einiges mit dir bereden. Du hast doch Zeit, oder?"
„Ich habe überhaupt keine Zeit. Das weißt du doch Dara."
„Ja Ja du lebst in einer Welt ohne Zeit, ich weiß. Ok, geh schon mal ins Haus, ich muss kurz mal für kleine Mädchen", sagte ich und deutete auf das Toilettenhäuschen.
Kurz darauf saßen wir an dem runden Holztisch, genauer gesagt, ich saß. Meine Mutter schwebte in einer sitzenden Haltung über den Stuhl. Manchmal veränderte sie ihre Position leicht und ihr Hintern versank in die Sitzfläche, oder schwebte knapp darüber.
„Dir einen Tee und Gebäck anzubieten hat ja wohl wenig Sinn", scherzte ich, „die physische Existenz hat halt auch ihre Reize."
Vera schloss kurz die Augen. Vor ihr erschien rotes Licht in Form einer Kugel, sank herab auf den Tisch und verwandelte sich in eine Tasse Tee und eine Schale mit edlen Gebäck. Der Tee dampfte aus einer kunstvoll verzierten Tasse. Mit breiten Grinsen reichte sie mir die Schale.
„Willst Du mal probieren?"
„Du bist gemein", erwiderte ich beleidigt.
„Viktoria hat dir ja schon eine Menge Zaubertricks beigebracht." Ich griff in die Schale und hatte auch nichts anderes erwartet. Meine Finger konnten die Kekse nicht greifen. Nur für Vera hatten sie Substanz.
„Kannst du das auch für die physikalische Ebene herbei zaubern?"
„Ich nicht, aber Viktoria. Da müssen aber bestimmte Bedingungen vorhanden sein. Total

kompliziert. Raumzeitkontinuum und so weiter."

„Du als Ingenieurin dürftest damit keine Probleme haben."

Vera lachte. „Das hat im wahrsten Sinne eine ganz andere Dimension als das was ich damals auf dem Raumschiff praktiziert habe."

Ich ging zum Herd, füllte den Kessel mit Wasser und zündete die Gasflamme. „Das hier ist weniger kompliziert. Wenn man das allerdings mit meinen Erfahrungen in der Steinzeit vergleicht..."

Ich setzte mich mit einer Tüte greifbaren Gebäck an den Tisch und schob mir einen Keks in den Mund. „Hör mal Ma, kannst du dich nicht an die Zeit erinnern in der ich mit Ureinwohnern gelebt habe?"

Sie schüttelte den Kopf. „Viktoria hat mich nicht einmal als Beobachterin an deinem Leben teilhaben lassen." Vera hob die Hand und wollte mich, wie sie es früher immer tat, liebevoll übers Haar streichen. Besann sich aber rechtzeitig und zog sie wieder zurück.

„Ich hatte aber selbst mal eine Mission in die physikalische Ebene. Sie war aber nur von kurzer Dauer." Vera überlegte kurz, wobei ihre Erscheinung wieder leicht erblasste. Es muss eine Zeit weit in die Zukunft gewesen sein."

„In unserer Zeit?"

„Nein von unserer Zeit noch viel weiter in die Zukunft."

„Und? Das war doch sicher interessant. Erzähl."

Vera zögerte und sah mich etwas merkwürdig an. „Viktoria sagte ich soll vorerst nicht darüber sprechen."

„Das habe ich mir fast gedacht", zischte ich

verärgert, „Viktoria mit ihrer Geheimniskrämerei. Du sagtest doch vorhin was von einem Notrufmantra. Hol Viktoria hierher. Ich möchte mit ihr sprechen."

„Nein das mach ich nicht. Wie der Name schon sagt, es ist nur für den Notfall."

Trotzig versuchte ich sie selbst herbei zu rufen indem ich die Augen schloss und im Geiste *Viktoria komm bitte sofort hierher* mehrmals wiederholte. Als das nicht half sprach ich es laut aus. Vera knabberte dabei amüsiert an den feinstofflichen Keks.

„Dara du bist immer noch viel zu ungeduldig", ermahnte sie, „warte es doch einfach ab. Erzähle mir lieber mal wie es dir hier so geht. Darum bin ich gekommen."

„Du weißt das nicht?", wunderte ich mich. „Ich dachte ihr seit als unsichtbare Geister immer bei mir."

„Nein da irrst du dich, Dara. Wie du ja selbst weißt, kann man sich nicht auf mehrere Orte gleichzeitig konzentrieren."

„Viktoria scheint sich wohl gerade auf andere Dinge zu konzentrieren, sonst wäre sie jetzt hier. Nicht gerade beruhigend", sagte ich und meinte es scherzhaft, denn ich wusste das es nicht so ist. Mein Vertrauen in ihr war ungebrochen, trotz ihr teilweise merkwürdiges Verhalten.

„Viktoria sprach in meinem Traum von unerledigten Elementen. Ich glaube das ich diese hier gefunden habe. Mein Gefühl hat mich nicht getäuscht wie ich zuerst dachte. Es war richtig hierher zu kommen. Hier ist vor zweit Tagen ein Mann aufgetaucht, von dem ich sicher bin, dass er

ein wichtiges Element in meiner Mission darstellt."
Der Wasserkessel auf den Herd begann zu pfeifen.
„Ein Mann?" Vera klang leicht besorgt.
Ich legte das Buch von Claudio auf den Tisch.
„Wie erklärst du dir das? Wie kann ein Fremder mein Leben so genau kennen? Du wirst auch ziemlich genau beschrieben."
Vera beugte sich neugierig über das Buch, das ich ihr aufgeschlagen hinhielt und las eine Weile aufmerksam darin.
„Schon möglich das er Viktorias Schüler ist und von ihr inspiriert wurde."
„Aber was hat das für einen Sinn?"
„Ich weiß es nicht."
„Dann frag sie", forderte ich, „hol sie her."
Vera zögerte.
„Ma, wo ist das Problem. Viktoria wird uns keinen Vorwurf machen, nur weil wir neugierig sind."
Vera summte das Notrufmantra mehrmals. Leider nicht mit dem Effekt wie ich es erwartet hatte. Anstatt Viktorias Erscheinen löste sich Vera in einem Lichtblitz auf und verschwand.
Nach eine Schrecksekunde folgte eine herbe Enttäuschung und auch Ärger über meine Ungeduld. Dadurch habe ich vorzeitig den Kontakt zu meiner Mutter abgebrochen. Wie dumm ich war. Ein Notrufmantra heißt nicht unbedingt das Viktoria kommt, sondern das sie Vera aus der „Gefahr" holt.
Ich hörte ein Geräusch am Fenster. Mein erster Gedanke war, es könnte Viktoria und Vera sein. Aber die können nicht an das Fenster stoßen, höchstens hindurch schweben. Ich stürzte zur Tür und als ich sie öffnete stand dort Claudio, etwas

verlegen von einem Fuß auf den anderen tretend.
„Ich habe da was gehört", stammelte er, „und ich dachte ich schau mal nach." Es war nicht schwer zu erkennen das er sich schämte. Er hatte erkennbar schon länger hinter dem Fenster gehockt. Anstatt mich darüber aufzuregen weil er mir nachspionierte, fand ich es besser endlich mal Klartext zu reden.
„Komm rein. Magst du ein Tee?"
„Setz dich da hin", befahl ich während er noch zögernd in der Tür stand, „ich muss mit dir reden." Er hatte wohl jetzt eine Ansage von mir erwartet und deshalb entschuldigte er sich sofort für sein aufdringliches Benehmen. Gleichzeitig rechtfertigte er sich. Schließlich hätte ich im Garten nach jemanden gerufen. Er vermied es konkreter zu werden. Um die Situation etwas zu entspannen, setzte ich mich, schob ihm eine Tasse hin und goss den Tee ein.
„Nach wem habe ich gerufen?"
„Ich glaube du hast nach deiner Mutter gerufen."
„Ja, nachdem sie aus der anderen Dimension bei mir erschienen ist."
Er sah mich schmunzelnd an. „Erschienen? Da ist niemand erschienen. Du warst die ganze Zeit allein und hast mit dir selbst geredet. Deshalb habe ich dich beobachtet. Das war wirklich sehr merkwürdig als du hier am Tisch saßt und augenscheinlich mit einer unsichtbaren Person sprachst."
„Und? Ist das ein Problem für dich? Du hast selbst in deinen Buch darüber geschrieben. Darüber, dass es feinstoffliche Wesen gibt, die jenseits der Lichtgeschwindigkeit in einer anderen Dimension

leben.“

Er blickte nachdenklich auf die Teetasse, die er in der Hand hielt und je länger er grübelte verzog sich sein Mund zu einem breiten Grinsen.

„Meinst du so eine Viktoria gibt es wirklich? Das wäre zu schön um war zu sein.“

„Natürlich gibt es sie“, bekräftigte ich, „du kannst sie nur nicht sehen. Noch nicht. Ich selbst habe mit der Zeit hier in der physikalischen Welt die Fähigkeit verloren Viktoria und auch meine Mutter wahrzunehmen. Erst jetzt habe ich sie offensichtlich wiedererlangt.“

„Und wie?“ Er warf mir einen neugierigen Blick zu.

Das ist eine gute Frage, dachte ich und schlürfte an meinen Tee. „Ich glaube es hat mit Ablenkungen zu tun. Wir sind ständig Ereignissen ausgesetzt, die unseren Geist ablenken und so ihm die Fähigkeit nehmen subtile Phänomene zu erkennen,“ spekulierte ich.

„Interessant.“ Claudio beugte sich erwartungsvoll vor, wobei er seine Ellbogen breit auf den Tisch platzierte.

„Weißt du das ein großer Teil unseres Gehirns nicht genutzt wird?“

„Ja, habe ich schon von gehört. Es gibt auch viele Menschen die das Gehirn überhaupt nicht nutzen.“

Ich lachte. „Da gebe ich dir Recht. Aber auch bei intelligenten Menschen bleibt ein Teil der Hirnzellen ungenutzt. Da kann man sich fragen warum?“

„Vielleicht als Reserve“, warf er scherzhaft ein.

„Wohl kaum“, gab ich zurück, „die Natur sieht an anderen Stellen ja auch kein Ersatz vor.“

„Vielleicht hat sie uns vorausschauend mit Organen ausgestattet, die wir erst später anwenden werden.“

„Das ist möglicherweise ein Teil unserer Programmierung.“ Ich blickte aus dem Fenster. „Ist dir schon mal aufgefallen das die Natur da draußen für die Tierwelt geschaffen wurde, aber nicht für den Menschen?“

„Trotzdem ist der Mensch aus der Natur hervorgegangen.“

„Bist du dir da so sicher? Versetze dich mal in die Zeit als es noch keine Menschen gab. Was für einen Grund sollte die Natur gehabt haben, den Menschen hervorzubringen? Die Tierwelt gibt es ja heute noch und hat auch in der Zukunft bessere Überlebenschancen als wir Menschen. Es wäre von der Natur völlig töricht gewesen uns zu erschaffen, denn gerade der Mensch ist derjenige der sie zerstört.“

„Wir kennen das Ende ja noch nicht“, gab er zu bedenken, „vielleicht bekommt das alles einen Sinn.“

„Haha! Da gibt es keinen Sinn.“ Ich stützte meine Ellbogen wie er ebenfalls auf den Tisch und sah ihm direkt in die Augen. „Claudio, ich komme aus der Zukunft und weiß, wir haben so ziemlich alles platt gemacht was die Natur in Jahrmillionen aufgebaut hat. Und keines unserer bahnbrechenden Erfindungen, auf die wir ja so stolz sind, konnte unser Überleben sichern. Das wir es doch geschafft haben gleicht einem Wunder.“ Ich schmunzelte. „Das haben wir Viktoria zu verdanken. Die Impotenz der Männer war das Ergebnis eines wahnwitzigen Versuchs den perfekten Menschen zu kreieren in dem man dachte, alle Krankheiten und Behinderungen wären Defekte an den Genen. Man dachte, wenn man diese Defekte beseitigt, beziehungsweise aussortiert, schafft man eine Welt ohne Leiden. So ein Schwachsinn! Die Defekte befinden sich in unserem Geist, nicht in den Genen.“

Sein zustimmendes Nicken sagte mir das er es auch so sah und ich erinnerte mich an seinem Buch, in dem er sich auf ähnlicher Weise kritisch geäußert hatte.

„Letztendlich seid ihr sicher froh über die Entwicklung, oder?“

„Ich kann mich jedenfalls nicht beklagen. Die Welt in der ich aufwuchs empfand ich als interessant und harmonisch. Mir fehlte es an nichts, obwohl in meiner Familie, die, wie üblich aus zwei Müttern besteht, auch nicht alles glatt lief.“

Claudio machte Anstalten aufzustehen. „So, ich geh dann mal wieder in meinem Wohnmobil. Ich hab dich schon lange genug gestört. Du willst dich sicher noch mit deiner unsichtbaren Mutter unterhalten.“

„Na wenn das so einfach wäre. Sie ist einfach verschwunden und ich kann nur warten bis sie wieder auftaucht.“

Er blieb noch einen Moment nachdenklich in der Tür stehen. „Das hoffe ich doch sehr das deine Mutter wieder auftaucht.“

„Davon bin ich überzeugt. Ich muss nur etwas Geduld haben.“

„Danke das du gekommen bist“, sagte ich bevor er in die dunkle mondlose Nacht verschwand, und durch das hohe Gras auf das Wohnmobil zu-stapfte, in dem ein schwaches Licht brannte.

65

Zweites Kapitel

„Nun, was gibt es?“, fragte Viktoria. Vera hatte ihr Notrufmantra noch nicht einmal zu Ende gesprochen als sie über den Zeitspiegel schwebend den überraschenden Ortswechsel erst einmal realisieren musste.

„Huch, ich wollte gar nicht...“

„Ich weiß, du wolltest mich was fragen. Dafür benutzt man aber nicht das Notrufmantra.“ Viktoria blickte Vera fragend an. „Nun?“

„Kennst du die Frage nicht schon? Da du ja weißt das ich dir was fragen wollte.“

„Eigentlich schon, aber trotzdem möchte ich gerne gefragt werden.“

„Das hatte ich ja versucht als ich zusammen mit Dara am Tisch saß.“ Vera schwebte bis zum Rand des Zeitspiegels und glitt langsam zu Boden. Als sie diesen mit den Füßen berührte, stellte sie sich eine Schwerkraft vor, die sie nun fest auf den Boden hielt. Tatsächlich fühlte Vera eine körperliche Schwere wie in der physikalischen Welt.

„Nicht du, sondern Dara hatte es vergebens versucht. Sie hat momentan noch nicht die Schwingungsebene erreicht die mir erlaubt direkt zu antworten. Du kamst leider nicht auf die Idee es selbst zu versuchen, sondern hast dich lieber von Dara überreden lassen das Notrufmantra anzuwenden.“ Viktoria zwinkerte Vera schmunzelnd zu. „Mach dir keine Vorwürfe. Die Antwort hätte ich dir nicht gegeben. Da sind zu viele Zukunftsinformationen drin, die Dara noch nicht wissen darf.“

„Unsere Reise in die Zukunft hatte ich aber kurz erwähnt."

„Du hast ihr davon hoffentlich nichts näheres erzählt."

„Nur das ich in die Zukunft blicken durfte."

Viktoria legte ihre Hand auf Veras Schulter. „Da siehst du es. Als reisender Engel muss du aufpassen was du sagst. Ein Wort kann die Zukunft verändern. In unserer Dimension wirkt die Zukunft sofort und es hat schlagartig Auswirkungen."

Ein plötzlicher greller Lichtblitz bestätigte Viktorias Aussage auf dramatische Weise. Die Meisterin schien überrascht zu sein, was Vera noch mehr beunruhigte als der Vorfall selbst.

Der Blitz kam aus dem Zeitspiegel. Es glich einer Fontäne aus Licht, die wie Lava aus einem Vulkan emporschoss. Viktoria streckte die Arme aus, so als wollte sie das Phänomen von sich abwehren. Die Lichtkaskade durchlief das gesamte Farbspektrum und es reagierte zunächst respektvoll auf Viktorias Abwehr, aber nur um dann erneut mit noch mehr Energie dagegen an zu kämpfen.

Das Szenario vollzog sich ein paar mal, als dann ein finaler Angriff Viktoria überwältigte und ein Wirbel aus Licht den Zeitspiegel verließ und sich daneben aufrecht zu einem säulenartigen Gebilde formierte.

„Ich möchte dich warnen", dröhnte eine tiefe Stimme. „Du hast einen gefährlichen Virus in die Zeitlinie gepflanzt. Wenn du beabsichtigst diesen zu aktivieren werden wir erneut einschreiten müssen. Dann wirst du uns nicht wieder entwischen. Deine Dakinis werden dir dann nicht helfen können." Die Säule formierte sich langsam zu einer Statur, die zu der göttergleichen überall präsenten Stimme passte.

„Virus?", fragte Viktoria.

„Ja, du hast bei den Uhreinwohnern den Sohn deiner Schülerin zurückgelassen, das ist nicht dein Gebiet", raunte die fast drei Meter große Gestalt auf Viktoria herab, „die Menschen gehören mir."

Viktoria lachte spöttisch. „Die Menschen gehören niemanden. Die Zeit wird bald kommen wo sie sich nicht mehr von deiner dogmatischen Religion leiten lassen. Dann wird die große..."

„Schweig!" Die Augen der Kreatur glühten und der lange weiße Rauschebart zitterte.

„Deine Zeit ist bald abgelaufen, Phallus."

Viktoria hatte sich von der Körpergröße her angepasst und befand sich als drei Meter große Frau auf Augenhöhe ihres gegenüber. Sie wirkte zornvoll und erotisch zugleich, das dem männlichen Wesen zu irritieren schien, denn sein Blick rastete immer wieder auf Viktorias prallen Busen, den sie ihm voller Stolz entgegenstreckte.

„Das werden wir sehen", entgegnete er, „du weißt genau das die Evolution nur nach meinen Regeln erlaubt ist. Wer sich nicht daran hält, wird den ständigen Tot erleiden."

„So so, der Herr spricht. Immer wenn was nicht nach deinem Geschmack war, hast du es einfach deinen Regeln untergeordnet, Phallus. Es war immer schon so. Als Adam Krach mit Lilith bekam, hast du sie einfach aus dem Paradies gejagt. Aber ich sage es dir noch mal. Deine Zeit ist vorbei mein Freund und die große... "

„Jetzt schweig", brüllte der alte Mann. Aus seiner Hand zuckte ein greller Blitz, der Viktoria zwischen den Brüsten traf. Sie taumelte zurück, raffte sich aber schnell wieder auf. Mit gespreizten Fingern sandte sie eine geballte Ladung Energie aus, die ihr Gegenüber frontal erwischte. Taumelnd fiel er rückwärts in den Zeitspiegel und mit einem durchdringenden Schrei verwandelte sich Phallus wieder in gleißendes Licht.

„Du hast wohl vergessen wo du dich befindest", raunte Viktoria, „hier ist das Universum der Großen Göttin, hier hast du keine Macht."

Noch während er im Zeitspiegel verschwand lachte er laut auf. „Hier in deiner kleinen Welt, aber nicht dort unten auf der Erde."

Dann Stille. Der Zeitspiegel schloss sich und wurde zu einem ganz normalen Spiegel, denn als Vera vorsichtig über den Rand schaute, sah sie sich selbst.

„Wer oder was war das und was wollte diese Kreatur", fragte sie.

„Kam er dir nicht irgendwie bekannt vor?

„Ja er hatte was biblisches."

„Seit mehr als zweitausend Jahren hat er das Leben auf euren Planeten stark beeinflusst." Viktoria verwandelte sich wieder in ihrer ursprünglichen zierlichen Gestalt. „Die Erde ist nicht der einzige Planet im Universum auf den dieser Gott starken Einfluss hat. Er legt aber Wert darauf das die Bewohner glauben es gebe nur diese eine Welt."

„Warum tut er das?"

„Es geht ihm um Macht."

Viktoria wischte mit der Hand nachdenklich über den Zeitspiegel, bevor sie weiter redete.

„Der Ursprung von allem ist ein ruhender, friedlicher Geist, der Anfangslos ist und

allgegenwärtig. In diesem Geist liegt das Potenzial
für alle Ursachen. Einschließlich den Ursachen die
zu Leid führen. Ich vermute das alle Gottheiten
eine Schutzfunktion des großen Geistes sind.“
Viktoria sah an Veras verwirrten Gesichtsausdruck
das sie mit ihren Ausführungen etwas weit
ausgeholt hatte. „Offensichtlich gibt es in diesen
ausgeglichenen Geist ein Quäntchen Ungleichheit,
die verhindert das ein perfektes Paradies dauerhaft
Bestand hat.“ Viktoria legte Daumen und
Zeigefinger zusammen als sie das Wort
„Quäntchen“ betonte. „Darum funktionieren die
Götter nicht so wie sie sollen. Während sie
versuchen die Ursachen von Leid im Keim zu
ersticken, erschaffen sie gleichzeitig neue
Probleme, nämlich die ihres eigenen Egos.“
„Wer ist denn dieser große Geist“, fragte Vera.
„Das ist mit Worten nicht zu erklären, weil er oder
sie jenseits von Gedanken und Ausdruck ist. In
einer tiefen Meditation kannst du den Geist
erfahren, aber du kannst ihn nicht intellektuell
begreifen.“
„Gibt es denn einen Grund für das Quäntchen
Ungleichgewicht?“
„Ich glaube das ist ein gemeinsames Problem aller
die diese Welt momentan erfahren.“ Viktoria
seufzte.
„Also gibt es auch Welten wo es diese
Ungleichheit nicht gibt“, schlussfolgerte Vera.
„Ja, für alle die das gemeinsame Problem nicht
haben.“
Vera schnaufte ungeduldig. „Und warum haben *wir*
dieses Problem?“
„Ich sag nur ein Wort: Karma.“

Viktoria ging zu einer Anordnung mehrere Kristalle, begann leise vor sich hin zu summen und strich sanft mit den Händen darüber.

„Was hast du vor", fragte Vera.

„Wir werden jetzt wieder in die physikalische Welt eintauchen."

Sie schob zwei grün leuchtende Steine in die Kristallanordnung, die zunehmend zu leuchten begannen.

*

Husky hatte schon immer den Verdacht das mit John irgendwas nicht stimmt. Schon deshalb, weil seine Hütte keine Sauna hatte. In Finnland ein Haus ohne Sauna zu bauen ist schon sehr außergewöhnlich. Aber das allein war es nicht, sondern ein Erlebnis vor rund einem Jahr.

John hatte in der Zeit in der er eigenhändig die Hütte zusammen zimmerte in einer kleinen Pension im Dorf gewohnt und kam fast täglich in seinem Laden. Immer wieder schwärmte er von der unberührten Natur in Finnland und das es für ihn als Aussteiger nichts besseres gibt. Als er irgendwann tagelang nicht mehr in seinen Laden auftauchte, fuhr Husky besorgt zu der Baustelle und stellte fest, dass er offensichtlich fluchtartig abgereist war. Bauholz und Werkzeuge lagen herum. Der Rohbau stand schon und er hatte gerade damit begonnen die äußeren Bretter zu vernageln. Auch in der Pension war er seit gut einer Woche nicht mehr, wie Husky später erfuhr.

Tage später wachte er mitten in der Nacht auf und ging zum Fenster. Im Mondlicht erkannte er schemenhaft den Waldrand. Er kniff die Augen zusammen. Ein schwaches Licht am Himmel. Es bewegte sich schnell und schimmerte in einem tiefen Blau. Faszinierend und unheimlich zugleich. Es sank herab und verschwand in den Baumkronen. Das ließ ihm keine Ruhe.

Wenig später befand er sich ausgerüstet mit einem Jagdgewehr und einer Taschenlampe auf den Weg zu Huskys Baustelle, dort wo er das merkwürdige Flugobjekt vermutete. Als er das Grundstück betrat, knipste er die Taschenlampe an. Im Lichtkegel glänzten matt die verbauten Bretter. Alles sah aus wie er es auch vor ein paar Tagen vorgefunden hatte. Frustriert suchte er planlos die Gegend ab, als er plötzlich aus dem Wald ein Geräusch vernahm. Da stapfte jemand durch das Gehölz. Sofort brachte er sein Jagdgewehr in Stellung und entsicherte es.

Er hatte zu diesem Zeitpunkt mit allem gerechnet, aber nicht mit John, der aus dem Dickicht hervortrat und dann verblüfft stehen blieb.

„Willst du mich mit dem Dingen über den Haufen schießen", fragte er.

Husky ließ nachdenklich das Gewehr sinken, während er darüber nachdachte was er John eigentlich fragen sollte. Schließlich ist es nicht verboten nachts im Wald herumzulaufen.

„Hast du auch eben dieses blaue Licht gesehen?"

„Licht?" John warf den Kopf nach hinten und suchte demonstrativ den Himmel ab. „Was für ein Licht?"

„Da war irgendwas blau leuchtendes und schnelles." John schien sich über die Beschreibung zu amüsieren.

„Das wolltest du mit deinem Gewehr zu Leibe rücken?"

Husky ärgerte sich über Johns ironische Bemerkung.

„Und was machst *du* hier", gab er in einen vorwurfsvollen Ton zurück.

„Ich wohne hier, das ist mein Grundstück. Ich habe es gekauft und ich bin niemanden Rechenschaft schuldig was ich hier mache." John ging auf Husky zu und sah ihn in die Augen. Sein Blick signalisierte wenig Interesse auf eine weitere Diskussion.

Husky kam sich plötzlich ziemlich idiotisch vor und bereute es überhaupt hergekommen zu sein. Mit entschuldigenden Worten, dass er letzte Zeit sehr viel Stress hatte und sich wohl geirrt hatte, entfernte er sich rasch.

Seit diesem Vorfall in jener Nacht sprach er nie wieder darüber.

John blieb oft Tage, manchmal Wochen weg. Er vertraute Husky einen Zweitschlüssel an mit der Bitte, gelegentlich nach dem Rechten zu schauen und keinem zu erzählen das es seine Hütte ist, sondern nur die eines Freundes.

Husky war immer noch fest davon überzeugt, dass es zwischen diese Lichterscheinung und John einen Zusammenhang gab. In der Hütte fand er jedenfalls nichts „Verdächtiges" das seine absurde Idee bestätigte.

Im Wald gab es unweit der Hütte eine Lichtung. *Ein idealer Landeplatz*, dachte sich Husky, während er den Boden nach Hinweisen absuchte. Leider fand er nur hohes Gras und Gestrüpp. Gleich neben der Lichtung gab es einen ungenutzten Beobachtungsstand für Jäger. Er richtete sich dort gemütlich ein.

Von einem Freund, der auf einem großen Werk arbeitete, hatte er eine ausrangierte Überwachungskamera geschenkt bekommen. Husky baute sie so um, dass sie auch unabhängig vom Stromnetz mit einer Autobatterie betrieben werden konnte. Der Beobachtungsstand eignete sich dafür als ideales Aufnahmestudio. Mehrere Videorekorder und drei parallel geschaltete Batterien erlaubten ununterbrochenes Filmen bis zu zwölf Stunden. Der Restlichtverwerter lieferte auch dann noch ein Bild, wenn das menschliche Auge nur noch Dunkelheit wahrnahm. Einmal richtete er die Kamera auf die Lichtung, dann auf den Wald, ungefähr in Richtung Hütte, ein anderes mal gegen den Himmel.

Als Nachteil erwies sich dabei, dass der Rekorder ununterbrochen lief und er so stundenlange Aufnahmen erhielt auf den sich nichts ereignete. Da konnte ihm sein Freund ebenfalls aushelfen. Ein „Bewegungsmelder" der den Rekorder nur dann einschaltete, wenn im Blickfeld der Kamera etwas passierte.

Von nun an entging ihm nichts mehr. Jetzt konnte John mit seinem Raumschiff kommen.

*

Die Mücken nervten gewaltig. Ich konnte nicht schlafen. Und immer wenn ich endlich die Augen schloss, weckten mich die aufdringlichen Biester mit ihrem hohen Zirpen.

Da ich jetzt endlich dem hektischen Leben in der

Großstadt den Rücken gekehrt hatte, dachte ich anfangs, hier in der friedlichen Einöde kannst du bleiben. Dies ist der ideale Ort um alt zu werden. Wie töricht dieser Gedanke war, zeigte sich jetzt, wenn einem unmissverständlich klar wird das ein Paradies auf dieser Welt reine Illusion ist. So etwas gibt es nicht, zu keinem Zeitpunkt. Es gibt lediglich kurze Ruhepausen vor ständigen Ärger und Leid.

Ich sprang aus dem Bett und blickte aus dem Fenster.

Ist dies das karmische Potenzial was ich zu erfüllen habe?

Ich bekam Heimweh, wünschte mich zurück nach Berlin im Jahr 2196, meiner Heimat in der ich geboren wurde. Wäre ich doch dort geblieben und hätte mich nicht auf diese aberwitzige Weltraummission eingelassen. Schließlich war ich es die auf ihre Mutter so lange einredete bis sie einlenkte. Ach Vera, warum hast du mich nicht davon abgehalten.

Ich atmete mit einem langen Seufzer aus. Während ich am Fenster über meine karmische Mission nachdachte, blieb mein Blick an Claudios Wohnwagen hängen. Es brannte Licht. Offensichtlich konnte er auch nicht schlafen. Ein Gedanke drängte sich auf: Sollte ich hier wieder ein „göttliches" Kind in die Zeitlinie gebären, wie es mir vor tausenden Jahren schon mal in einem Uhreinwohner-Stamm im Dschungel auferlegt wurde? Das gefiel mir nicht besonders. Schon deshalb, weil ich hier dann neun Monate als tragende Mutter bleiben müsste, um dann, wenn das Kind geboren ist, schnell in der zeitlosen

Dimension zu verschwinden.

Ich ging die knarrende Treppe herunter zur Dusche. Spontan tauchten ferne Erinnerungen über das Leben im Dschungel auf. Ich war die Frau des Stammesführers und musste für den Nachwuchs sorgen. Gleich in der ersten Nacht, nachdem ich zu seiner Frau ernannt wurde, nahm er mich, während draußen rhythmisch die Trommeln schlugen.

Das war meine erste sexuelle Erfahrung mit Männern überhaupt. Nicht besonders prickelnd. Da wusste ich noch nicht was es bedeutet schwanger zu sein. Echte Schwerstarbeit, besonders wenn es das erste mal ist. Von der Geburt selbst will ich erst gar nicht reden. Und die Männer prahlten mit ihren Söhnen und ihre Töchter, aber die Arbeit hatten immer die Frauen. Sie wurden nicht gefragt.

Ich wurde auch nicht gefragt!

Wut stieg in mir auf.

Viktoria hat einfach über mich bestimmt, hat mein Kind einfach im Dschungel zurückgelassen!

Sie hat mich auch hier einfach dazu auserkoren. Sie sagt immer ich müsste eine wichtige Rolle in einer *bedeutungsvollen* Mission übernehmen, die mein Leben *kostbarer* machen wird. Nun reise ich in einer anderen Dimension durch die Zeit. Aber was ist daran bedeutungsvoll?

Dara, sei einfach wie ein Stück Holz. Mit diesem Mantra versuche ich mich immer von einem Gedanken abzubringen, der mich aufregt. Ich halte einfach inne und denke nicht weiter.

Es funktionierte.

Ich war längst mit dem Duschen fertig und stand nackt, nur mit einem Handtuch über die Schulter neben der Duschwanne, während das Wasser unablässig aus meinen Haaren tropfte. Die kleinen Blutsauger nahmen so viel nackte Haut als Einladung und suchten sich in aller Ruhe die besten Landeplätze aus. Ich holte mit dem Handtuch zu einem Angriff aus.

„Stop! Dara, was machst du da!"

Erschrocken zuckte ich zusammen. Wo kam die Stimme her?

„Hast du denn schon dein Gelübde vergessen?"

Die Stimme, die zuerst laut und verzerrt dröhnte, klang nun klar und deutlich. Erleichtert erkannte ich sie als die von Viktoria.

„Wo bist du? Ich kann dich nicht sehen."

„Aber ich", entgegnete Viktoria, „und ich finde das ist nicht die passende Bekleidung mit der man einer spirituellen Meisterin gegenüber tritt."

Ich band mir rasch das Handtuch um die Hüften.

„Na komm, Viktoria, wir sind doch unter Frauen. Zeig dich endlich. Ich muss mit dir reden."

Anstatt sich zu zeigen, meldete sie sich nach einer kurzen Pause wieder.

„Erwarte mich im Wald auf der Lichtung. Pass aber auf, dass dich niemand folgt oder beobachtet."

Endlich! Sie holt mich zurück. Ich hielt mit Mühe einen lauten Freudenschrei zurück.

Schnell zog ich mir was an und verließ die Hütte durch die Hintertür. Ich ging durch den verwilderten Garten auf den Wald zu, wandte mich noch einmal um und schlug den bekannten Waldweg ein. Der Mond schien, Bäume und Sträucher schimmerten in einem unheimlichen Blau. Jeden Moment müsste sie kommen. Vielleicht ist Vera ja auch dabei. Erwartungsvolle Freude stieg auf, als ich die Lichtung erreichte. Ich lauschte meinem Atem. Mein Herz pochte wie ein Hammer.

Suchend stapfte ich weiter, irrte herum, fand einen Baumstumpf auf den ich mich niederließ.

Ich wartete.

Mein Blick schweifte orientierungslos über den sternklaren Nachthimmel. Immer wieder meinte ich einen bewegenden Lichtpunkt auszumachen, der sich dann aber als fixer Stern entpuppte. Ein anderes mal kam etwas blinkend am Horizont auf mich zu. Der erste Glücks-funken erlosch, als ich ein leises Brummen vernahm. Nur ein Flugzeug, ein ganz normales irdisches. Mit so etwas kommt Viktoria sicher nicht. Oder doch? Wäre jedenfalls eine perfekte Tarnung. Unweigerlich schmunzelte ich. Viktoria als Bruchpilotin. Haha!

Wieder ging ich ein paar Schritte durch das Gras. Es duftete würzig nach Waldboden. Mit geschlossenen Augen atmete ich tief durch. Eine meditative innere Ruhe machte sich breit.

Plötzlich raschelte es.

Jemand schritt durch das Gras.

Erschrocken ergriff ich die Flucht.

Etwas blendete mich.

„Viktoria, bist du das?", fragte ich mit zitternde Stimme.

„Viktoria?", gab eine Männerstimme zurück. Sie gehörte eindeutig nicht zu Claudio, aber trotzdem glaubte ich sie zu kennen. Angespannt, zu einem Verteidigungsschlag bereit, hörte ich wie er auf mich zu kam.

„Du?" Der Lichtkegel seiner Taschenlampe traf mein Gesicht. Ich blinzelte. Schließlich richtete er das Licht auf sich.

Husky!

Was macht der denn hier?

Suchend fuchtelte er mit der Lampe in allen Richtungen.

„Wer ist Viktoria?" Er kam auf mich zu. Ich hielt seinen fragenden Blick nur kurz stand, sah dann auf den Boden und suchte verzweifelt nach einer Antwort. Er sah in den Sternenhimmel.

„Ich hab mich damals nicht getäuscht", murmelte er vor sich hin.

„Wovon redest du?"

„Von unseren merkwürdigen Hausverwalter." Husky schmunzelte. „Ich traf ihn damals auch mitten in der Nacht hier im Wald. Vorher beobachtete ich eine ungewöhnliche Lichterscheinung am Himmel." Er hielt kurz inne. „Na komm schon junge Frau, mir kannst du es doch erzählen. Du bist nicht von hier. Genauso wenig wie dieser John von hier ist." Husky zeigte mit der Taschenlampe in den Himmel. „Von welchen Stern kommt ihr. Der, oder der?"

Ich stand kurz davor ihm einfach die Wahrheit zu sagen, jetzt da es sowieso zu spät ist, da er gleich Zeuge von Viktorias Ankunft wird.

Halt, Stop. Mach jetzt keinen Fehler! John hatte mir bei dem Treffen auf der Fähre ja unmissverständlich klar gemacht: *zu viel Wissen verändert die Realität.* Was heißt das jetzt? Ist das in dieser Situation ein Nachteil wenn ich Husky von Viktorias Existenz erzähle?

„Jetzt werde ich es erfahren", sagte Husky, weiterhin den Himmel absuchend, „ich wette, dass ich gleich John hier wieder-sehe. Damals hat er sich einfach dumm gestellt, da sein Raumschiff vermutlich gleich wieder abgedampft ist. Aber jetzt wenn er gleich hier landet, kann er mir nichts mehr auftischen." Husky lachte spöttisch.

Bleib Cool, Dara, dachte ich. Wenn ich hier was andeute, mache ich eher was falsch.

„Husky, wovon redest du? Von Außerirdischen? Ich glaub du siehst zu viel fern."

„Komm mir nicht so. Du hast gerade nach einer Viktoria gerufen, als ich mit der Taschenlampe auf dich zu kam."

„Viktoria ist meine Katze, die mal wieder ausgerissen ist. Ich hatte gerade nach ihr gerufen, als du auftauchtest."

„Katze." Husky verschränkte demonstrativ die Arme. Seine Lampe richtete er dabei auf sich und grinste mich auffordernd an.

„Dara, lass dir nichts anmerken. Warte nicht weiter. Ich kann jetzt nicht landen." Unweigerlich zuckte ich zusammen, als ich Viktorias Stimme vernahm. Zwar konnte ich davon ausgehen das Husky das nicht hörte, aber leider verriet meine Körpersprache etwas.

„Du hörst da was." Er kam näher. „Irgendwo hast du einen kleinen Empfänger."

„Quatsch!" Entschlossen ging ich an ihm vorbei. „Ich möchte nicht unhöflich sein, aber ich muss jetzt zurück. Ich hoffe das Viktoria von selbst zurückfindet. Viktoria! Komm, komm, miez, miez, miez."

„Warum bist du hier her gekommen?", wollte ich wissen.

„Kannst du dir das nicht denken.? Ich bin schon eine Weile damit beschäftigt, euch auf die Schliche zu kommen."

„Und? Hast du was entdeckt?“
„Noch nicht, aber wenn sich was tut werde ich der Erste sein, der es erfährt.“
Der Typ ging mir langsam auf die Nerven. Zügig ging ich den Pfad zurück, ohne ihm weiter zu beachten. Als ich den Garten der Hütte betrat, blieb ich stehen und drehte mich um.
„Wage es ja nicht bei mir herum zu schnüffeln.“
„Keine Sorge, junge Frau, die Privatsphäre ist für uns Finnen ein Heiligtum.“ Er schmunzelte. „Aber falls du Hilfe brauchst...“ Er nickte mir zu, wandte sich ab und verschwand in den Wald.

*

„Was machen wir jetzt?“, fragte Vera.
Auf einem großen Bildschirm betrachtete sie den blauen Planeten Erde. Majestätisch schön schwebte sie im endlosen Weltraum.
„Warten wir es ab.“ Viktoria saß vor einem Steuerpult eines Shuttles mit deren Hilfe sie von der geheimen Position des Mutterschiffs hier her gelangten. „Wir wollen ja nicht so viel Aufsehen erregen.“
„Was wäre so schlimm wenn dieser Husky uns kennen lernt?“
„Ich möchte mit euch dort in Finnland was vorbereiten. Da ist ein christlich ausgerichteter Mann, wie dieser Husky möglicherweise ein Hindernis.“
Vera stutzte. „Was vorbereiten?“
Viktoria legte ihre Hand sanft auf Veras Schulter.
„Vertrau mir, bitte. Ich kann dir jetzt noch keine Einzelheiten sagen.“

82

„Kann ich das auch ablehnen?
Viktoria sah Vera an und ihr Blick verriet Verständnis über ihr Anliegen.
„Um es mal klar zu stellen: Ihr könnt machen was ihr wollt. Ich zwinge euch zu nichts."
Sie ging zur Versorgungsnische und entnahm dort zwei mit Spagetti gefüllte Teller.
Vera beschloss zunächst nicht weiter zu fragen, sie spürte das es Viktoria schwer viel zu schweigen. Sie hatte aber eine wage Ahnung warum sie jetzt nicht mit ihr über die Pläne sprechen konnte.
Ein Kristall in der Bedieneinheit begann aufdringlich zu blinken. Viktoria sprang auf und berührte den Kristall kurz mit geschlossenen Augen.
„Wir gehen jetzt runter", sagte sie und setzte sich anschließend wieder am Tisch. „Ich habe Dara telepathisch informiert das wir kommen. Wenn sie gerade nicht total abgelenkt war, wird sie es mitbekommen haben und jetzt zurück zur Lichtung kommen."
Viktoria füllte zwei Gläser mit Weißwein und prostete Vera zu.
„Auf ein spannendes Abenteuer"
„Jetzt frage ich mich warum du dich auf so ein Abenteuer einlässt."
„Nun, weil ich..."
„Manuelle Lande-Sequenz beginnt", unterbrach sie die Stimme aus dem Steuerungssystem des Shuttles. Die Kristalle blinkten ungeduldig.

*

Mir fröstelte, als sich das Licht auf mich

83

zubewegte. Es hatte etwas fremdartiges, eindeutig nicht von dieser Welt. Nervös sah ich mich um und hoffte das Husky nicht wieder zurück kommt. Es ging kein Geräusch von Viktorias Raumschiff aus. Es wirkte auf mich unheimlich und faszinierend zugleich. Die Lichtung erstrahlte für den Moment, als das Shuttle aufsetzte taghell in einem kalten Blau. Ich rannte los, sah kaum was, denn meine Augen mussten sich erst wieder an die Dunkelheit gewöhnen. Da stand sie die Vratscha, die mich vor Monaten absetzte und mich nun wieder abholen wird. Die Form hatte was fremdartiges. Als hätte man zwei Pyramiden ineinander verschmolzen, die eine auf den Kopf stehend, die andere mit der Grundfläche nach unten. Nur die Spitze einer Pyramide berührte den Boden. Normalerweise wäre das sofort umgekippt, sobald die Triebwerke herunterfahren. Aber es gab ein Stabilisator, ein unsichtbarer Ständer.

Eine kleine Luke befand sich an der Grundfläche, etwa zweieinhalb Meter über den Boden. Es dauerte nicht lange bis sie sich öffnete und eine silberne Leiter herausfuhr. Wie zu erwarten hatte meine Mutter der Meisterin den Vortritt gelassen, die etwas unbeholfen die Stufen herunter kletterte.

Als sie unten ankam berührte sie meine Schulter und streichelte dann sanft meinen Arm.

„Schön das du uns abholst, wir hätten uns sicher im dunklen Wald verirrt." Sie zwinkerte mir zu. Vera hatte soeben den Boden erreicht und wir umarmten uns herzlich. Ich war glücklich in dieser fremden Vergangenheit nicht mehr auf mich allein gestellt zu sein und besonders darauf, endlich wieder in die feinstoffliche Welt zurückzukehren.

Als hätte Viktoria meine Gedanken gelesen – was sie zweifellos getan hat – erklärte sie mir, während wir uns auf den Weg zu meiner Hütte machten, dass wir hier nun eine große Aufgabe vor uns haben, über die wir später ausführlich sprechen werden. Hinter uns hob die Vratscha lautlos ab, tränkte dabei wieder die Lichtung in kaltes blaues Licht bevor sie Sekunden später in den Himmel verschwand.

Nun war ich arg überrascht. Viktorias Plan gefiel mir nicht.

„Du kannst tun was du willst", beantwortete Viktoria meinen Gedanken.

„Kann ich mal was denken, ohne das du das mitbekommst?", maulte ich.

„Du musst lernen, wie man Gedanken abschirmt. Das ist nicht so einfach", erklärte Viktoria. Sie sah sich um. Und ich muss lernen, mich wieder in dieser schweren Welt zurechtzufinden."

„Warum? Lass uns einfach wieder zurückkehren", schlug ich vor.

„Das kannst du machen. Wenn du willst hole ich die Vratscha sofort zurück. Ich bleibe jedenfalls hier." Viktoria zog aus ihrem Ausschnitt einen Brustbeutel, den sie unter ihr langes Kleid verbarg. Sie öffnete ihn und es kamen allerlei kristallinische Gegenstände zum Vorschein.

„Bevor wir weiter reden, beziehungsweise denken, werde ich diese Gegend telepathisch abhörsicher machen."

Nachdem sie einen kleinen Altar aufgebaut hatte, zelebrierte Viktoria eine längere Meditation. Innerlich entspannt und zufrieden, kochte ich anschließend für uns drei einen köstlichen Tee.

Weit weg der Ärger und die Enttäuschung.

Meine Mutter und Viktoria hatten an den runden Holztisch platz genommen. Ich schob ihnen zwei Tassen hin und goss einen goldbraunen Dajeeling ein.

„Hand gemacht." betonte ich, „ich hoffe das er dir schmeckt", sagte ich und zwinkerte Vera zu.

Wir sprachen zuerst über belanglose Dinge und tranken Tee, bevor ich konkreter wurde.

„Ich kann leider keinen Sinn in dieser Reise erkennen", begann ich. „Ich möchte wissen ob es einen Zusammenhang mit unserem Besuch in der Vergangenheit gibt? Wo ist mein Sohn, den ich dort zurücklassen musste?"

„Langsam, eins nach dem anderen", beschwichtigte Viktoria, als sie spürte, wie ich bei dem Thema wütend wurde.

„Ja es gibt ein Zusammenhang, es gibt immer einen, denn es gibt nichts das nicht zusammenhängt." *Wieder eine von Viktorias allgemeinen Formeln* dachte ich.

„Ja, wieder die allgemeinen Formeln", seufzte Viktoria und schmunzelte.

„Dein Sohn, da kann ich dich beruhigen, hatte ein sehr ausgefülltes Leben als Stammesoberhaupt, er zeugte viele Kinder. Diese besaßen eine besondere Erbinformation, die sie an ihren Nachkommen weitergegeben haben."

Viktoria überlegte einen Moment, trank ein Schluck von den Tee und lehnte sich zurück.

„Die Yetanas und die Tarashing-Bewegung, die weibliche Kultur in die ihr aufgewachsen seid, ging aus dem Jus-Stammbaum hervor."

Bei dem Namen Jus-Stammbaum wurde mir meine

bedeutende Rolle in Viktorias evolutionären Plan endlich bewusst. Wenn ich das richtig verstanden habe, ist mein Sohn in der Urzeit die Quelle für die Realität in der ich geboren wurde.

„Dara, du hast es schon richtig erkannt", las Viktoria meine Gedanken, „aber Jus ist nicht die Quelle *deiner* Realität, weil du ja auch die Quelle *seiner* Realität bist. Wenn du dich auf diese lineare Denkweise einlässt, existierte deine Realität *bevor* Jus geboren wurde, denn du bist seine Mutter. Paradox! Vergiss einfach die Begriffe *Zukunft* und *Vergangenheit*."

„Was sollen wir nun hier tun", bohrte ich nach.

„Wir werden den weiblichen Aspekt im Universum stärken." Viktorias Stimme bekam einen kämpferischen Klang.

„Ok, aber warum muss ich erst von Deutschland nach Finnland reisen um mich hier mit euch zu treffen. Hättest du das nicht gleich so arrangieren können", wollte ich wissen.

„Deine Reise diente dem Zweck diesen Ort zu finden. So greift eins in das andere. Die Dinge fließen, sie sind nicht einfach da. Hier ist nun unsere physische Existenz entstanden, unsere Basis."

„Aber was ist mit diesem John. Wo ist er?", bohrte ich weiter.

„Ich weiß es nicht. Er ist verschwunden."

„Alles Karma", witzelte Vera.

„Ja, aber du Dara, hast dein karmisches Potenzial bestens umgesetzt. Wir haben nun ein stabiles Fenster für unsere Shuttles."

„Fenster?" Vera schmunzelte. „Wir können also immer zwischen hier und unserer Dimension pendeln wie es und gefällt."

Viktoria lachte. „Das können wir. Dabei müssen wir aber immer achtsam sein. So ein Fenster ist eine hoch komplexe Angelegenheit, und damit auch sehr anfällig. Ich möchte euch nicht mit der Lehre vom Raumzeitkontinuum und auch nicht mit Quantenphysik langweilen. Vera, du hast ja schon diverse Fachliteratur von mir erhalten. Wir sollten uns nun auf unsere Kernaufgabe konzentrieren", fuhr Viktoria fort, „denn wir erwarten bald hohen Besuch."

*

Claudio beobachtete schon eine Weile die Blockhütte. Er hatte nur kurz geschlafen. Es war einfach zu warm. Im Halbschlaf meinte er ein Blitz oder Wetterleuchten vernommen zu haben und hoffte nun auf ein abkühlendes Gewitter. Aber am Himmel leuchteten die Sterne. Nicht die geringste Spur von Gewitterwolken.

Dara hatte offensichtlich Besuch. Schön das ihre Mutter wieder da ist, dachte er. Gern würde er einen Blick hineinwerfen, nur um festzustellen ob er nicht mittlerweile im Stande ist Daras feinstoffliche Mutter mit eigenen Augen zu sehen. Er verwarf den Gedanke heimlich an die Hütte heranzuschleichen. Da er Dara ja nun etwas näher kennen gelernt hatte, sprach nichts dagegen einfach mal bei ihr anzuklopfen.

Wenig später klopfte er zaghaft an die Tür. Keiner öffnete. Gerade wollte er wieder gehen, als Dara die Tür aufstieß.

„Ach du bist es"

„Sorry das ich so spät...“
„Komm rein.“ Dara lachte freundlich. Claudio
hätte schwören können hinter den Gardinen
schemenhaft mindesten zwei Gestalten erkannt zu
haben. Hatte er sich geirrt?
„Ist deine Mutter wieder zurück gekommen?“,
fragte er.
Dara antwortete nicht sofort. Sie schien
unschlüssig.
„Möchtest du was trinken“, wich sie der Frage aus.
„Ja gerne.“ Claudio setzte sich, ließ seine Blick
neugierig umherschweifen.
„Bin gleich wieder da.“ Dara verschwand eilig
nach oben. Gespannt lauschte er und tatsächlich
vernahm er von oben außer Getrappel auch
Stimmen, die seine Annahme bestätigten, sich
nicht geirrt zu haben. Gespannt wartete er. Der
Teekessel, den Dara bereits aufgesetzt hatte,
dampfte vor sich hin. Das Wasser begann langsam
zu kochen. Gerade als er aufstand um sich darum
zu kümmern, kam Dara mit zwei Frauen die
Treppe herunter.
Im ersten Moment meinte er alte Bekannte
wiederzusehen, so ein Gefühl das manchmal
auftrat, wenn er in der Stadt wildfremden
Menschen begegnete. Ein kurzer Augenblick der
Vertrautheit.
Die jüngere Frau mit den rötlichen schulterlangen
Haaren, könnte Daras Mutter sein, dachte er. Er
schätzte sie in seinem Alter, also fünfzig plus. Die
andere wirkte auf ihm sehr spirituell und
geheimnisvoll, wie eine Hexe oder eine
Wahrsagerin. Weißes langes Haar, zierliche
Gestalt. Sie trug ein fein gemustertes Kleid mit

einem großen Ausschnitt. Er bemühte sich sehr, seinen Blick nicht zu lange auf ihren wunderschönen Busen zu haften. Er lächelte verlegen. Dara ergriff das Wort:

„Vera, meine Mutter." Sie wandte sich zu der Rothaarigen. „Sie ist nun in physischer Präsenz bei mir. Viktoria ebenfalls. Sie wollen für längere Zeit bei mir wohnen." Dara räusperte sich. „Das ist Claudio, mein Nachbar, der dort im Wohnmobil wohnt", stellte sie ihn den beiden Frauen vor, „setzt euch doch."

Wenig später saßen sie zusammen und tranken Tee. Viktoria sprach offen zu Claudio weil sie ihn bereits kannte.

„Ich war schon öfters bei dir, als du in Deutschland an deinem Roman geschrieben hast, du Musik gemacht hast und mit dem Fahrrad in abgelegenen Gegenden unterwegs warst. Aus der feinstofflichen Dimension können wir in die physikalische Welt hineinschauen, sobald jemand an uns denkt und fest davon überzeugt ist, das es uns gibt."

„Du hast mich beobachtet?", fragte Claudio.

„Ja ich bin dann wirklich da. Es sind Schwingungen."

„Wieso habe ich dich nicht gesehen?"

„Dazu fehlte dir die Sensibilität. Es gibt nur wenige Menschen die diese besitzen. Für diese sind wir dann Erscheinungen, die durchsichtig sind und durch Wände gehen. Leider habe ich dann kein Einfluss darauf *wie* sie mich sehen. Es kann vorkommen das ich als grässliche Hexe wahrgenommen werde, oder als eine verstorbene Person. Das ist für beide Seiten nicht immer schön."

Wie siehst du denn wirklich aus?", fragte Claudio.
„So wie du mich jetzt siehst. In der feinstofflichen Dimension oberhalb der Lichtgeschwindigkeit habe ich auch diese Erscheinungsform, die jetzt durch unterschreiten der Lichtgeschwindigkeit eine physikalische Form angenommen hat. Unberührt bleibt davon der formlose Bereich."
„Das göttliche Licht in uns, die Buddha-Natur",ergänzte Claudio.
Viktoria nickte.
„Erzähl uns jetzt von den hohen Besuch", forderte Vera, „wir möchten jetzt endlich wissen was uns erwartet."
Viktoria sah sich um, als wollte sie sicherstellen das niemand an der Tür lauscht. „Innerhalb eines Radius von rund fünfhundert Metern habe ich jetzt eine dauerhafte Abschirmung installiert. Von nun an gehen die Gedanken weder rein noch raus."
Viktoria zog den Stuhl näher an den Tisch. Ihr Blick schweifte in die Runde, bevor sie mit gedämpfter Stimme fort fuhr.
„Das war der Grund warum ich bis jetzt so verschwiegen zu euch war. Ihr seit wie Sendestationen, die alles ins Universum hinausposaunen. Wir sind nämlich in geheimer Mission hier. Ein Wandel der Kräfte steht unmittelbar bevor." Sie dachte einen Moment nach.
„Als vor sehr langer Zeit die Menschheit auf diesen Planeten gebracht wurde..."
„Gebracht", warf Vera ein.
„Ja, der Mensch ist, ich hoffe ich schockiere euch jetzt nicht zu sehr, eine Züchtung, eine Versuchsanordnung. Bitte verzeiht mir den

abwertenden Ausdruck. Das Leben auf der Erde war zu jener Zeit rau und erbarmungslos. Es ging nur ums Überleben und nur der Stärkste überlebte. Eine Welt erfüllt mit Leid, Qualen und Barbarei. Es gab karmisch gesehen nicht die geringste Chance für eine Wende zum Guten, denn die Natur manifestierte sich dem entsprechend. Alle Lebewesen fanden nur noch Bedingungen vor, in der sie kaltblütig sein *mussten,* auch wenn sie es tief im Herzen nicht wollten. Ein Teufelskreis."
Viktoria trank ein Schluck aus der Teetasse, während sie sich zurück lehnte und jeden einen kurzen Blick zuwarf.
„In der feinstofflichen Dimension, ich nenne sie jetzt mal die Welt des Lichts, wie sie hier in esoterischen Kreisen liebevoll genannt wird, existiert ein reiner Geist der Liebe und des Mitgefühls. Wer dort verweilt, kennt nicht den harten Überlebenskampf, wie er hier und auch auf unzähligen anderen Planeten herrscht. Dort gibt es keine Ängste vor materiellen Defiziten. Alles was wir benötigen entsteht nicht durch harter Arbeit, man wünscht es sich und es ist da. Dara und Vera haben das schon kennen gelernt." Die beiden nickten zustimmend Claudio zu, der fasziniert zuhörte.
„Das heißt aber nicht das einen nichts schlechtes widerfahren kann", fügte Viktoria zu. „Da dort die materielle Stütze fehlt, die wir hier haben und alles geschaffene Substanz verleiht, ist in unserer Dimension alles fließend, Paradies und Hölle liegen dort dicht beieinander. Der sicherste Weg nicht in letztere zu geraten ist der des allumfassenden Mitgefühls, weil er uns davor

schützt selbstsüchtig zu werden. Wer alle Lebewesen liebt, kommt nicht auf die Idee sich selbst am wichtigsten zu nehmen."

„Erinnert mich stark an den buddhistischen Vorträgen", bemerkte Claudio vor sich hin schmunzelnd.

„Ja, allumfassendes Mitgefühl entsteht durch die Erkenntnis, dass du kein eigenständiges Individuum bist, sondern untrennbar mit der Gesamtheit verbunden bist. Das ist auch der Grund warum ich mich hier den Risiken der physikalischen Ebene aussetze, anstatt einfach da zu bleiben wo ich hergekommen bin." Sie sah Dara an.

„Erzähl uns jetzt mal was von der Versuchsanordnung und den Züchtungen", forderte Vera ungeduldig.

Viktoria trank ein Schluck aus der Teetasse. „Ich habe schon einen trockenen Mund vom erzählen."

Sie zog aus ihrer Brusttasche ein Pendel mit einem kirschgroßen Kristall.

„Schaut es euch einfach selbst an, was damals geschah. Blickt einfach in das Kristall." Viktoria befestigte ihn an die Deckenlampe, etwa in Augenhöhe über den Tisch. Es begann zu leuchten. Eine Sphäre aus blauen Licht umschloss alle Personen um den Tisch. Sie befanden sich nun visuell in einer anderen Welt...

Afrika in einer prähistorischen Zeit. Endloser Dschungel. Das wilde Geschrei der Affen hallt zwischen den riesigen Bäumen, Vögel zwitschern lautstark dagegen an. Weit in der Ferne rauscht ein Wasserfall. Es knistert unheimlich im feuchtwarmen Unterholz. Eine Schlange windet sich durch das Gras, auf der Suche nach Beute. Affen schwingen sich von Baum zu Baum, sie sind auf der Flucht vor etwas Fremden. Es kommt von oben auf sie herab. Es macht ihnen Angst, es ist groß und mächtig. Knapp über den Baumkronen schwebt es heran wie ein riesiger Adler. Die Sonne stürzt herab brennt die Äste weg. Die Affen finden keinen Halt, springen auf den Boden, dort stellt sich etwas in den Weg. Kreischend verteilt sich die Horde im Dickicht, der Zusammenhalt bricht auseinander.

Eine wunderschöne Frau steigt aus einem seulenartigen Gebilde. Sie hält einen Stab in der Hand und richtet ihn auf ein weibliches Äffchen das panisch herum springt. Ein Blitz zuckt aus den Stab. Die Schimpansin sackt zusammen. Behutsam nimmt die Frau es in den Arm, trägt es in ihr Raumschiff und legt es auf einem Tisch. Aus einem silbernen Gefäß entnimmt sie eine erbsengroße Perle die sie der Schimpansin in die Vagina einführt. Anschließend bringt sie die Dame wieder in den Dschungel und kehrt zurück in das Raumschiff. Mit einem senkrechten Start hebt es zwischen den Bäumen ab und gewinnt schnell an Höhe.

Als die Schimpansin aus ihrer Narkose erwacht, ist die Horde bereits zurückgekehrt. Das Leben geht weiter und sie trägt den Samen in sich...

Das Kristall erlosch und die Runde blinzelte leicht irritiert in die Lampe über den Tisch.

„Wir befanden uns gerade in eine prähistorischen Zeit", erklärte Viktoria, „der Mensch existierte noch nicht und es deutete auch nichts darauf hin das er sich aus der Tierwelt entwickelt hätte. Die Tiere heute tragen ja die Informationen einer Jahrmillionen andauernden Evolution in sich und sind trotzdem nicht zu philosophierende sprechende und denkende Wesen mutiert. Warum es bei einigen doch geschah, habt ihr gerade gesehen. Wir haben nachgeholfen."

„Wer war den diese Frau?", wollte Vera wissen.

Viktoria schmunzelte. „Es war Lilith, meine Mutter."

„Sie hat den Samen für die Menschheit gesetzt?", fragte Dara.

„Unter unzähligen anderen Samen die gesetzt wurden", betonte Viktoria. „Die Evolution ist eine von intelligenten Wesenheiten geschaffener Prozess, der wiederum intelligentes Leben hervorbringt, welches im hoch entwickelten Stadium sich selbst hervorbringt."

„Sich selbst hervorbringen? Das verstehe ich noch nicht so ganz", hakte Claudio nach.

„Wenn es eine Intelligenz gibt die in Uhrzeiten eingreift, müsste sie sich, linear betrachtet, *vorher* entwickelt haben. Das ist nicht so. Wir sind alle das Resultat einer Evolution und die Evolution ist das Werk intelligenter Wesenheiten, die diese hervorbringt."

„Hmm?" Claudio kratzte sich am Kopf.

„Es gibt kein Anfang und kein Ende", versuchte Viktoria weiter.

„Wo ist da Gott, der Schöpfer?" Das kam von Vera. Eine gute Frage dachte Viktoria, wusste aber gleich, dass sie keine befriedigende Antwort darauf hatte. „Gott ist die Energie die alles ermöglicht.

Oder wenn du Gott als Subjekt betrachtest, jemand der uns diese Energie gibt.“

Dara goss sich den restlichen lauwarmen Tee ein und setzte gleich einen neuen auf. „Dann sind die Tiere und die Pflanzen alles Kunstwerke eines hoch entwickelten kreativen Geistes.“

„Alles was existiert ist Kunst.“ Viktoria strich sich durch das Haar.

„Wir sind alle Künstler“, fuhr es Claudio heraus, „deshalb haben wir Menschen den Drang nach kreativen Schaffen.“

„Nicht alle, nur die das karmische Potenzial dazu haben“, sagte Viktoria.

„Der hohe Besuch, von dem du vorhin sprachst, ist das vielleicht Lilith deine Mutter“, wollte Dara wissen.

„Ja, genau! Dafür brauchen wir das stabile Fenster, und was noch wichtiger ist, es darf bis zum Eintreffen niemand von diesem Ort und der Ankunft erfahren.“ Auf Viktorias Stirn kräuselten sich ein paar Falten. „Andernfalls könnte Phallus aufmerksam auf dieses Fenster werden. Wenn er vorher auf die Erde kommt, würde er versuchen Liliths Ankunft zu verhindern. Er besitzt noch sehr große Kräfte. Ich befürchte das ich ihm unterliegen würde.“

„Wenn Lilith vorher hier ist, hat er keine Macht?“

„Wir werden das Fenster dann sofort schließen.“

Dara setze scheppernd die Teetasse ab. „Schließen? Das heißt wir müssen für immer hier bleiben?“

Viktoria tätschelte Daras Hand. „Nein, keine Sorge, wenn Lilith den Jus-Stammbaum aktiviert hat, können wir das Fenster wieder benutzen. Es bleibt ja bestehen, es wird lediglich verschlossen.

Und den Schlüssel dafür hat nur Lilith."

Vera seufzte. „Was meinst du den mit Jus-Stammbaum aktivieren?"

Viktoria atmete ebenfalls schwer aus. „Um dir das alles im einzelnen zu erklären müsste ich dir einen Kurs über DNA und die Steuerung von Zellinformationen geben. Kurz gesagt: Jedes Lebewesen empfängt spirituelle Schwingungen die von Lichtwesen ausgesandt werden. Jedes Lebewesen reagiert mehr oder weniger auf eine bestimmte Frequenz dieser Schwingungen. Das ist durchaus vergleichbar mit einem Radiosender und Empfänger. Lilith sendet Schwingungen aus, die besonders stark von den Nachfahren des Jus-Stammbaums empfangen werden. Weil sehr viele Menschen und auch Tiere diesen Stammbaum in sich tragen, wird meine Mutter, wenn sie einmal in physikalischer Präsenz auf diesen Planeten erschienen ist, großen Einfluss haben."

„Wann wird sie kommen?", fragte Claudio.

„Wenn es so weit ist." Viktoria kräuselte erneut die Stirn. „So lange solltet ihr innerhalb des spirituellen Schutzwalls bleiben. Draußen würden eure Gedanken für hoch entwickelte spirituelle Wesen, wie es Phallus ist, lesbar und er wüsste wo wir sind."

Jemand klopfte an der Fensterscheibe. Wie elektrisiert fuhren alle gleichzeitig herum.

„Erwartest du jemand?" Vera warf Dara einen strengen Blick zu.

„Eigentlich nicht. Ich kenne hier doch keinen. Bis auf..." Dara sprang auf und öffnete die Tür.

Husky!

„Entschuldige bitte die Störung, aber ich habe hier

etwas, das ich dir mal zeigen möchte." Er deutete auf seinen Labtop in der rechten Hand.
Bevor Dara was sagen konnte, hörte sie Viktorias Stimme.
„Dann kommen sie doch herein, junger Mann, es interessiert uns."

*

Was für ein Vollidiot, dachte ich als Husky uns stolz seine Videoaufzeichnungen präsentierte:
Die Vratscha, unser Raumschiff, schwenkte in einem weiten Bogen auf die Lichtung zu und setzte zur Landung an. Nachdem die Triebwerke stoppten, entstieg Viktoria dem Gefährt. Alles war gut zu erkennen. Zu unserer Überraschung teilte uns Husky auch noch mit, er hätte diese Sequenz bereits ins Internet hoch-geladen und es würde mit großen Interesse verfolgt.
Viktorias versteinerte Miene signalisierte den Ernst der Lage. Mit der Tarnung ist es nun vorbei. Husky hatte auch den genauen Standort der Aufnahmen ins Netz gestellt und für Touristen günstige Übernachtungen und Zeltplätze angeboten.
„Ich bin selbst überrascht. Es fragen täglich Leute nach. Sie wollen hier her kommen, weil sie überzeugt sind das es euch gibt."
„Das ist auch gut so," sagte Viktoria mit ruhiger Stimme. „Das ist auch unsere Absicht. Aber jetzt ist es noch zu früh." Sie lächelte Husky versöhnlich an. „Sie konnten es nicht wissen, darum gebe ich ihnen keine Schuld. Aber wir haben jetzt ein großes Problem."
„Phallus", ergänzte Vera.

Viktoria nickte.

„Mist, wir hätten bei der Landung vorsichtiger sein müssen", sagte Viktoria, ohne jemand anzusehen.

Schuldgefühle stiegen in mir auf, schließlich wäre das meine Aufgabe gewesen. „Tut mir leid, Viktoria. Ich hätte vorher..."

Sie schüttelte den Kopf. „Das geht ganz allein auf meine Kappe, mach dir keine Gedanken, Dara."

Die Meisterin stand auf und blickte nachdenklich aus dem Fenster. „Wir müssen uns vorbereiten. Er hat hier immer noch große Macht." Sie drehte sich um und blickte jeden einzelnen in die Augen. „Diese macht-hungrige Kreatur kann jeden Augenblick hier eintreffen. Das Tor kann ich nicht schließen. Sobald Phallus an diesen Ort ist, kann die Große Göttin nicht hier erscheinen." Viktoria fasste sich ans Kinn. Sie wirkte zum ersten mal, seit ich sie kenne, ratlos. Nun fühlte ich mich ein wenig flau im Magen. Keiner sagte was. Husky klappte leise sein Labtop zu. Ihm schienen massiv Schuldgefühle zu plagen. Er war der erste der vor-preschte.

„Wenn ich irgendwas tun kann um meine törichte Handlung wieder gutzumachen..." Er stand kerzengerade wie ein Soldat vor Viktoria und lies die Hacken zusammen knallen.

Viktoria griff in ihrer Umhängetasche, die sie immer bei sich trug, holte ihr Amulett und ein kleines Fläschchen hervor. Während sie ein Mantra summte, versprühte sie eine Essens aus der Flasche.

„Das wird euch ein wenig vor direkten Angriffen von ihm schützen. Lasst euch nicht verunsichern."

Drittes Kapitel

Viktoria erwachte schlagartig in dem Moment als Phallus den Boden der Lichtung betrat und triumphierend tief Luft holte. Es war früher Morgen, die Sonne kletterte gerade zwischen den Baumwipfeln empor. Er fühlte die Macht hier auf den Planeten und hegte nicht den geringsten Zweifel diese heute für unendlich viele Äonen zu sichern.

Das Raumschiff, mit dem er über das von Viktoria geschaffenes Tor direkt aus der feinstofflichen Dimension in die Erdatmosphäre eindringen konnte, parkte nun unauffällig im Dunklen. Diesmal würde es ihm keine Probleme bereiten Viktoria zu erledigen, denn sie befinden sich sozusagen auf neutralen Gebiet und nicht, wie beim letzten Treffen, in der Welt der Großen Göttin.

Die Hütte lag ruhig im Dunklen, doch in dem Moment als er sich den Eingang näherte, flog die Tür auf und Viktoria trat ihm kampfbereit und trotzig entgegen. Im Gegensatz zu der feinstofflichen Welt unterlagen beide nun den physikalischen Gesetzen auf der Erde. Das einzige was sie noch von den Erdbewohnern unterschied war die Fähigkeit, starke kinetische Energiefelder zu erzeugen, die wie Waffen eingesetzt werden können.

„Stehen bleiben!", befahl Viktoria und feuerte einen Warnschuss ab, der haarscharf neben Phallus

Kopf verpuffte. Das ging ohne Geräusche und sichtbare Effekte vonstatten. Wen dieses Energiefeld traf, bekam einen Schlag ab, ähnlich wie bei elektrischen Strom.

Phallus hielt sich nicht länger mit Warnschüssen auf und zielte direkt auf Viktorias Brust. Sie gab ein klagenden Schrei von sich und stürzte rückwärts in die Hütte. Husky reagierte schnell und schloss die Eingangstür.

„Ha Ha das wird euch leider nichts nützen", polterte Phallus und zerlegte die Tür mit einem Energieschlag. Viktoria stand schnell wieder auf den Beinen und zögerte nicht lange. Mit gezielten Schüssen konnte sie ihren Widersacher ein wenig zurückdrängen.

„Nach oben", keuchte sie, „verschanzt euch oben."

„Nein, wir lassen dich nicht allein", erwiderte Husky, während er ein geeigneten Knüppel aus den Brennholz-Stapel zog. Viktoria kam nicht dazu ihm zu erklären wie sinnlos seine Abwehr ist. Nur wenige Sekunden vergingen als er rückwärts gegen die Wand stürzte. Er blieb regungslos liegen. Dara und Vera flohen nach oben ins Schlafzimmer, während Viktoria sich mit letzter Kraft zur Wehr setzte. Mit weit aufgerissenen Augen richtete sie ihre gespreizten Finger auf Phallus. Ihm schien es aber nichts auszumachen. Siegessicher ging er langsam auf sie zu und versetzte sie eine lautlose Energieladung.

„Ich habe versagt", war das Letzte was sie dachte, bevor sie bewusstlos zusammensackte.

„Das war´s dann wohl", flüsterte ich, neben meiner
Mutter auf den Bett sitzend, „ich hätte auf dich
hören sollen, als du damals Einwände gegen die
Reise nach Alpha Centauri vorbrachtest."
„Hätte hätte hätte", zischte Vera, „damit kommen
wir jetzt nicht weiter. Im übrigem solltest du
wissen das man negatives Karma nicht mit äußeren
Aktionen umschiffen kann."
Meine Mutter hatte wie immer zu all meinen
Bemerkungen eine passende Antwort. Von unten
vernahmen wir wie jemand langsam die
Wendeltreppe heraufstieg.
„Viktoria, bist du es", fragte ich mit zittriger
Stimme. In Wahrheit glaubte ich nicht daran.
Reines Wunschdenken.
„Ma, sag doch was." Ich bekam plötzlich tierische
Angst, lähmende Angst. Verzweifelt zehrte ich
Vera am Arm. „Du weist doch sonst immer eine
Lösung."
„Heute leider nicht", sagte sie und mich verblüffte
ihre Gelassenheit. Die schmale Tür flog mit einem
Ruck auf, wie von Geisterhand. Phallus betrat in
gebückter Haltung das Zimmer. Er sah wirklich
aus wie Gott auf den Gemälden dargestellt wird.
Ein alter Mann mit einem weißen Rauschebart. Er
lächelte uns an.
„Hab keine Angst ich werde dir nichts tun, junge
Frau", sagte er. Ich muss wohl ziemlich entsetzt
reingeschaut haben, da er mich direkt ansprach.
„Ich gebe euch keine Schuld. Ihr seit verführt
worden, von dieser Dämonin da unten. Glaubt
nicht was sie euch erzählt hat. Ihr geht es nur um
Macht den sie auf diesen Planeten mit Hilfe der
Großen Göttin Lilith erlangen will." Seine Augen

weiteten sich und glühten.

„Wisst ihr wer Lilith ist?" Ohne eine Antwort abzuwarten fuhr er fort. „Sie war Adams erste Frau und hatte mit ihm die Aufgabe hier auf diesen Planeten eine höhere Lebensform zu etablieren. Ein Wesen mit Verstand und einen freien Willen. Die Bedingungen waren zu der Zeit ideal, dafür hatten wir gesorgt. Sie brauchten nur zusammen Kinder zeugen. Aber Lilith hatte überall was auszusetzen. Sie beklagte sich wenn Adam von ihr eine Kleinigkeit verlangte, wie zum Beispiel ein kleines Mahl zu bereiten. Als es um den Zeugungsakt ging, der ja an sich Spaß macht, missfiel ihr das Adam oben lag. Am Ende gab es täglich Streitereien, und in der Not wandte sich Adam flehend an mich, ihm eine neues weibliches Wesen zu kreieren, mit der er friedlich leben kann. Ich schickte ihm eine zweite Frau. Eva."
Phallus machte eine Pause und seufzte.
„Alles Weitere dürfte euch aus Überlieferungen bekannt sein", fügte er hinzu. Er stand immer noch in gebeugter Haltung im Türrahmen. Nun kam er rein und setzte sich auf einem Stuhl.
„Was ist aus Lilith geworden?", wollte ich wissen.
„Sie musste die Erde sofort verlassen", erklärte er weiter, „Sie kam aber nicht wie befohlen zu uns zurück, sondern tauchte in eine unbekannte Dimension unter. Wie sie das gemacht hat ist mir ein Rätsel. Das wäre ja nicht weiter schlimm gewesen, aber sie kam wieder zurück auf die Erde, voller Hass und Groll. Sie wollte Rache. Jahrzehnte und Jahrhunderte tötete sie Menschen. Adam und Evas Nachkommen."
„Vertauschen sie da nicht die Tatsachen, mein

Herr", kritisierte meine Mutter. Sie hatte einen ziemlich respektlosen Ton und ich befürchtete das sie den alten aber mächtigen Mann sauer stimmte. Ich gab ihr einen unauffälligen Tritt vor das Schienenbein. Sie reagierte nicht darauf. „So wie ich die Geschichte kenne war das genau anders herum. Lilith kam zur Erde zurück und hatte eine Möglichkeit gefunden ohne männlichen Samen Kinder zu zeugen." Sie sah mich an. „Die Khatangafrucht. Wir stammen aus einer Zukunft, in der das Realität ist. Sie töteten aus Hass Liliths Kinder weil sie nicht ertragen konnten das jemand ohne ihre Erlaubnis auf der Erde ansiedelte." Vera deutete mit den Finger auf ihm. „Es geht *ihnen* nur um Macht!" Phallus Gesicht wurde schlagartig ernst und seine Augen hefteten sich mit eisiger Kälte auf meine Mutter. Ich wusste sehr wohl das Vera recht hatte, aber ich fand es taktisch unklug das jetzt vorzubringen. Vielleicht hätten wir vorher eine Chance gehabt hier lebend herauszukommen, jetzt jedenfalls war diese Karte verspielt. Mit einem Ruck erhob er sich. „Sie sind hier nicht in der Position anzuklagen", schrie er, streckte seinen Arm aus und spreizte die Finger. Ich versuchte ruhig und vor allem friedlich zu bleiben damit mein positives Karma reift im Angesicht des Todes, der offensichtlich unmittelbar bevorsteht. Die Sekunden vergingen im Schneckentempo. *Schieße doch endlich* dachte ich flehend und meine Anspannung wuchs. Immer noch starrte er uns mit aufgerissenen Augen an, nur das diese statt eisig kalt überrascht wirkten. Sein Körper wankte und fiel nach vorn herüber. Ich musste zur Seite springen.

Die Ursache für diesen plötzlichen Ohnmachtsanfall stand im Türrahmen und wirkte nicht gerade beruhigend. Eine grässliche Fratze aus halb verwester Haut glotzte uns an. Blutverschmierte Zähne bleckten uns entgegen. Ich wusste nicht mehr was ich denken, was ich fühlen sollte, saß regungslos da, wie ein Stück Holz.

Ich kann mich nicht erinnern wie lange es dauerte bis diese grässliche Gestalt schweigend auf uns zu kam. Jedenfalls hatte sich der alte Mann wieder aufgerafft und starrte den Dämon fassungslos an.
„Du, Djinns ? Ich dachte du wärst auf meiner Seite."
„Das war ich in Wirklichkeit nie", antwortete sein Gegenüber, den Phallus Djinns nannte. Seine Stimme klang vertraut, aber ich konnte sie nicht sofort einordnen. Bevor ich von selbst darauf kam fasste sich dieser Djinns an die halb verweste Wange und riss mit einem Ruck die Gesichtshaut weg.
„Du hast doch wohl nicht im Ernst geglaubt das ich Lilith verrate." Er warf das Fetzen Haut auf den Boden. Eine Maske. Sein jetzt wahres Gesicht kannte ich. Es gehörte John.
„Vor sehr langer Zeit war ich wirklich so", erklärte John und deutete auf die Maske. „Ich reiste durch die Dimensionen, ohne jeglichen Respekt auf andere Kreaturen. Dann traf ich Lilith. Eine Frau die allen Grund gehabt hätte mich zu töten, denn mit männlichen Wesen hatte sie schlechte Erfahrung." Er blickte Phallus vorwurfsvoll an. „Aber sie verschonte mich. Nicht aus Angst, denn sie hätte mich spielend besiegen können..."

Viktoria kam noch ein wenig benommen zur Tür herein. Mir fiel ein Stein vom Herzen. Ich hatte schon befürchtet Phallus hätte sie getötet.

„John, schön dich wiederzusehen", freute sie sich, „ich dachte schon du hättest dich unauffindbar ins Nirwana zurückgezogen."

„Für einen Kurzurlaub mache ich das manchmal, aber diesmal hatte ich noch eine Baustelle in einer weit entfernten Galaxis. Deine Landung auf der Lichtung erreichte mich dort. Die Videobotschaft von, wie heißt er noch, Husky? Das fand ich alarmierend. Es gingen starke Schwingungen von hier aus. Das konnte nur eins bedeuten..."

„Verräter!", bellte Phallus.

John lachte abschätzend. „Manchmal geht es nicht anders. Aber bevor du andere anklagst denke erst mal über dich selbst nach, Phallus. Ich weiß auch schon einen passenden Ort dafür."

Er packte Phallus an den Arm. Dieser versuchte sich mittels kinetisches Energiefeld zu wehren, welches er auf John abzufeuern versuchte. Es funktionierte nicht.

„Hattest du geglaubt ich lasse dir die Kräfte damit du damit weiter Unheil anrichtest?"

„Aber wie kannst du mir so einfach..." Phallus sah entsetzt auf seine Hände, während John ihn die Treppe herunter führte.

„Ich habe von Lilith einiges gelernt", sagte John und zwinkerte Viktoria zu. „Zum Beispiel wie man ein kinetisches Energiefeld neutralisiert."

„Ach, da weißt du mehr als ich", stellte Viktoria ein wenig beleidigt fest.

Viktoria, meine Mutter und ich folgten John in den Garten. Husky war Gott sei dank nicht tot, wie ich erst angenommen hatte, als der wütende alte Mann ihn nieder streckte. Er erwartete uns bereits. Mit einer einladenden Geste öffnete er die Tür des Toilettenhäuschens.

„Das werdet ihr noch bereuen", schimpfte Phallus. Mit einem Ruck beförderte John den alten Mann aufs stille Örtchen und schloss die Tür von außen.

Wenig später saßen wir alle versammelt in der Hütte um den alten Holztisch. Auch Claudio, der im Wohnwagen übernachtet hatte und nichts von dem Szenario mitbekommen hatte. Eine Gruppe von Auserwählten, so fühlte es sich an. Dafür bin ich in einer fernen Zukunft aufgewachsen, quer durch die Galaxis und durch die Zeit gereist. Habe verschiedene Dimensionen des Raumes kennen gelernt und bin im Jahr 2012 wieder auf die Erde gelandet. Grundsätzlich ist es bei mir immer so, wenn ich nach dem Sinn von alle dem frage, dass ich keinen finde. Absolut betrachtet gibt es sicher auch keinen...

„Es ist so weit", riss mich Viktoria aus den Gedanken. „sie möchte nun kommen." Eine feierliche Atmosphäre breitete sich aus.

„Auch mit einem Raumschiff", wollte Vera wissen.

„Nein, durch den Tunnel. Genau genommen handelt es sich bei diesen Tunnel um ein kleines Wurmloch. Das Phänomen kennt ihr in einer viel größeren Erscheinung im All", erläuterte Viktoria.

„Es sind aber keine toten Erscheinungen, wie die Wissenschaft zur Zeit noch glaubt, sondern lebende Wesen wie wir."

Sie forderte uns auf uns auf der Wiese vor der Hütte im Kreis aufzustellen. Aus einem Stoffbeutel entnahm sie seltsame Steine, wie ich sie noch nie gesehen habe. Die Meisterin legte uns nacheinander die kostbaren Stücke in die linke Hand, die wir in der Höhe unseres Herzens in einer Geste des Gebens halten sollten. Die rechte Hand stützend unter der Linken. So standen wir erwartungsvoll da und lauschten Viktorias Mantragesang.

Nach und nach spürte ich ein leichtes Kribbeln, aber nicht in meiner Hand sondern zwischen den Beinen. Das passiert mir öfters das es da kribbelt. Darum dachte ich mir nichts dabei. Ich fand es nur lästig weil jetzt nicht die Möglichkeit bestand, mich dort zu kratzen. Ich musste kichern. Die Gesichter der Anderen verrieten, dass sie unter ähnlichen Spannungen „litten". Auf einmal fühlte ich mich richtig gut. Nicht nur glücklich in dem Sinne wie, wenn ich mal gut drauf bin, sondern es war ein Gefühl voller Freude. Es kribbelte jetzt nicht nur zwischen den Beinen, sondern durchflutete wie ein Sturm meinen ganzen Körper. Herrlich! Einfach unbeschreiblich!

Neben mir hörte ich meine Mutter lachen und gelegentlich lustvoll stöhnen. Aber auch alle Anderen einschließlich unsere spirituelle Lehrerin Viktoria schienen von ihren Gefühlen überwältigt zu sein.

Zwischen meinem Stein und den meiner Mutter funkte es plötzlich in der Gestalt eines gebündelten Lichtstrahls. Dieser setzte sich weiter zum Nachbarn fort bis sich der Kreis schloss. Ich spürte auf einmal den Stein in meiner Hand nicht mehr. Er hatte sein Gewicht verloren. Neugierig versuchte ich ihn zu fassen, aber er hatte keine

Substanz. Er bestand nun aus reinem Licht. Faszinierend! Der kreisrunde Lichtstrahl verwandelte sich in einen breiten Ring, der in Regenbogenfarben leuchtete. In ihm schien etwas pulsierendes zu sein. Es rotierte und blinkte. Das erinnerte mich an Landelichter für Flugzeuge und Shuttles.
„Seht nur, da oben", entfuhr es jemand.
Am Himmel schwebte etwas rundes, es kam tiefer. Es wirkte wie ein Loch im Raum, in dessen Inneren es rötlich schimmerte. Langsam bewegte es sich auf uns zu, und als nur noch wenige Meter uns von diesem Phänomen trennten, es den ganzen Himmel einzunehmen schien, musste ich den Impuls widerstehen, den Kreis zu verlassen und wegzulaufen.
„Bleibt ruhig, es passiert euch nichts", beruhigte Viktoria, bevor wir ganz in diesem Wurmloch eintauchten und die Umgebung verschwand.
Ein endloser Korridor über mir schmolz in der Ferne zu einem Fluchtpunkt zusammen. Im inneren des Wurmlochs leuchtete es rötlich. Ich konnte keine Lichtquelle erkennen. Die Wand leuchtete von innen heraus.
Plötzlich zog eine unsichtbare Kraft uns alle in die Höhe. Mir wurde schwindlig, denn wir erlebten eine Beschleunigung, ohne stetige Zunahme, einfach spontan ohne Übergang in die Höchstgeschwindigkeit. Ich spürte weder Massenträgheit, noch das Gewicht meines Körpers. Völlig schwere-los, schossen wir in die Höhe. Nein es ging nach unten, oder täuschte ich mich?
Jetzt stand ich plötzlich wieder auf den Boden und das Gewicht meines Körpers drückte die Knie

durch. Das Wurmloch verschwand auf die gleiche Weise wie es gekommen war, es stieg langsam nach oben und lies uns auf den Boden zurück, als würde eine Hülle um uns entfernt.

Verblüfft betrachtete ich die neue Umgebung. Ringsum erstreckte sich ein Gewölbe, das einer riesigen Höhle glich. An verschiedenen Stellen stützten dicke aus Fels gehauene Säulen in etwa zehn Meter Höhe die Decke. Es roch nach Kräuter und Gewürze und es war angenehm warm. Vor uns erhob sich ein Podest in Form einer Pyramide. Links und rechts zwei mannshohe Säulen auf denen lebendige Eulen saßen. Sie schauten uns misstrauisch an und tippelten unruhig hin und her. Sphärische Klänge erfüllten den Raum.

Ich wandte mich mit einem fragenden Blick an Viktoria, doch sie schien gerade mit geschlossenen Augen in einer Meditation versunken zu sein.

„Was meinst du wo wir sind?", fragte ich meine Mutter und flüsterte dabei angesichts dieser sakralen Stimmung ehrfürchtig. Sie zuckte nur mit den Schultern.

„Keine Ahnung. John sag was", forderte sie auf.

„Ist doch klar, wir sind bei Lilith. Das ist wirklich ein großer Vertrauensbeweis."

„Ich dachte Lilith kommt zu uns", wunderte ich mich.

„Das wird auch noch..."

„Pssst!" zischte Viktoria und lenkte unsere Aufmerksamkeit auf das Podest, auf deren Scheitelpunkt ein Zylinder herausfuhr, sich gleich wieder senkte und ganz im Boden verschwand.

Völlig nackt stand eine hochgewachsene schlanke Frau oben auf der Pyramide und blickte zu uns herunter. Ihr langes rotes Haar reichte bis zur Taille. Mit ihren schwellenden Brüsten und ihrer wunderschönen Gestalt gleicht sie einer kraftvollen jungen Frau von frisch erblühender Weiblichkeit. Ihre großen Schamlippen stachen bläulich heraus als wären sie geschminkt. Auf ihrer Stirn funkelte ein Diamant, wie ein drittes Auge.

„Ich möchte mich ganz herzlich bei euch bedanken", sagte sie während sie die Stufen herunter schritt.

„Ohne euch hätte ich weiterhin hier im Exil bleiben müssen.

Sie lud uns gleich zu einem Tee ein. Auf der anderen Seite der Pyramide gab es ein Garten mit kuschelweichen Sitzgelegenheiten, die kreisförmig angelegt einen runden Tisch umschlossen, auf den bereits ein Samowar brodelte.

„Man nennt mich Lilith", stellte sich die Frau vor.

„Das wir hier zusammengekommen sind, ist ein Umstand zu verdanken der zur Manifestation einer für uns günstigen Zeitlinie führte", erläuterte sie uns und nippte an ihre Tasse mit goldbraunen Tee. Sie wirkte auf mich entspannt und selbstbewusst. Ihre Nacktheit schien für sie was ganz normales zu sein. Offensichtlich war sie nicht der Ansicht, den Intimbereich, Yoni und Busen, in der Öffentlichkeit zu verbergen. Im Gegenteil, sie hob es sogar hervor! Selbst in meiner Heimat, in der es nur Frauen gibt, würde solch ein Outfit sehr auffallen. In einer Männerwelt, aus der Husky und Claudio stammen, müsste das extrem verpönt wirken. Die Gesichter der beiden Männer ließen ein gewissen Scham beim Anblick der nackten Frau erkennen.

„In den zurückliegenden rund fünftausend Jahren dominierte eine Zeitlinie der patriarchalistischen Dogmen", fuhr Lilith fort. „Vor allem im Christentum und in den Islam. Das war nicht immer so. Es gab eine Zeit in der wir Menschen die Natur verehrten. Bäume, Wasser Pflanzen, Tiere und unser Planet Gaia, den wir jetzt Erde nennen, sind Manifestationen der Großen Göttin, zu der besonders wir Frauen eine innige Verbindung haben. Wir lebten in Frieden und Dankbarkeit gegenüber Gaia, unseren lebensspendenden Planeten. Denn wir sind ein Teil von ihr und sie ist ein Teil von uns. Sie gibt uns was wir brauchen, und es war für uns selbstverständlich ihr Respekt und Liebe entgegenzubringen. Ein Paradies." Lilith machte eine kurze Pause und ihre Gesichtszüge verhärteten sich, bevor sie ein bekanntes Thema aufgriff: „Die biblische Geschichte von der Vertreibung aus den Paradies und die Begründung dazu ist eine Erfindung des Christentums, des falschen Christentums! Das muss ich hier unbedingt hervorheben! Christen an sich sind nicht schlecht, und das gilt auch für andere Religionen. Den Menschen können wir nichts vorwerfen, denn sie werden beeinflusst, ja auf egoistische Weise missbraucht von höheren Kräften." Liliths Stimme bekam nun einen kämpferischen Tonfall. „Sie wollen nicht das wir frei leben, sie wollen uns abhängig machen, uns ihre Regeln aufzwingen, uns zu Sklaven für ihre krankhaften sinnlosen Zielen machen, uns ihre Staatsformen diktieren. Dafür war und ist ihnen jedes Mittel recht." Eine rhetorische Pause.

„Aber ich meine nicht die Menschen, wenn ich von *sie* spreche. Die eigentlichen Konflikte spielen sich in ganz anderen Dimensionen ab. Die Menschen wissen nicht wirklich warum sie in den Krieg müssen, warum sie leiden müssen, warum sie hungern, und warum sie nie wirklich glücklich sein können. Es ist der göttliche innere Glanz in uns, der zugeschüttet ist und sich nicht mehr entfalten kann. Wir sind zu Robotern geworden, die ihre Arbeit verrichten weil man es von uns verlangt weil wir meinen es geht nicht anders, aber das ist ein Irrglaube den *sie* uns in Jahrtausenden eingebläut haben. Sie haben die Männer suggeriert Frauen seien sündhafte Wesen, die euch verführen wollen, den ihr mit aller Härte entgegentreten müsst. Sie sollen sie mit harter Hand erziehen und sie zu ihren Dienerinnen machen. Das wollte auch Adam aus mir machen, bevor ich ihn verließ“, fügte Lilith in einem spöttischen Ton an.

„Wir können uns alle, Frau und Mann, befreien aus ihren Klauen, die uns so lange Zeit festgehalten haben. Die Zeitlinie kann günstiger nicht sein. Ein Oberhaupt der interplanetarischen Unterdrücker hat sich durch seine Gier nach Macht selbst ins Aus manövriert und sitzt jetzt gefangen in der physikalischen Welt auf einem Plumsklo.“ Lilith lachte laut auf. „Genial, gut gemacht, John, dafür danke ich dir, weil du dir die nicht jeden zugängliche kinetischen Abwehrkräfte beigebracht hast. Das hat sich ja als sehr nützlich erwiesen um Viktoria im entscheidenden Moment zur Seite zu stehen.“

„Danke nicht mir, Große Göttin. Ich bin nur Viktorias Schüler. Ohne ihre Zuwendung würde ich noch verblendet von Hölle zu Hölle irren.“

„John ist wie immer zu bescheiden“, gab Viktoria schmunzelnd zurück.

„Letztendlich schafft sich jeder seine eigene Realität“, warf Claudio ein.

„Inklusive den Personen die er begegnet“, fügte ich an. Mir drängte sich nun eine Frage auf: „Wo sind wir hier? Ist das die physikalische Seite?“

„Ja, wir sind auf der physikalischen Seite, aber nicht im Sonnensystem der Erde . Wir kreisen auf den Planet Ison um den Doppelstern Sirius.

Ison hat eine direkte Beziehung zu Gaia, eure Erde. Sie ist sozusagen die große Schwester.“

„D a n n   g i b t   e s   d e m n a c h   n o c h   e i n e n Mutterplaneten?“, fragte Vera.

„Ja, so könnte man es sehen.“ Lilith warf sich ihr langes Haar mit einer werfenden Bewegung über die Schulter.

Husky räusperte sich als wollte er was sagen. Er vermied es die nackte Frau anzusehen. Mit roten Gesicht fixierte er seinen Blick beharrlich auf dem Gewölbe der Höhle.

Lilith schien es erst jetzt bewusst zu werden, dass sie ein Teil der Gäste nervös machte. Sie sah an sich herunter und schmunzelte.

„Liebe Mutter“, bemerkte Viktoria, „du solltest dich vielleicht etwas zum Anziehen besorgen, bevor du zur Erde reist.“

„Entschuldigt bitte das ich euer Schamgefühl verletzt habe.“ Lilith warf einen Blick auf die beiden Männer. „Im Paradies liefen wir auch völlig nackt herum. Bis „Gott“ uns heraus geschmissen hatte“, lachte sie, wandte sich der Pyramide zu und stieg die Treppe hinauf. „Ich werde mir mal was anziehen, bin gleich wieder da.“

„Wenn Lilith deine Mutter ist. Wer ist dann dein Vater. Etwa Adam?“, fragte ich Viktoria leicht irritiert.

Viktoria schüttelte den Kopf. „Oh nein, Adam ist nicht mein Vater! Ich bin ein Kind aus einer matriarchalischen Familie, die erst entstand nachdem meine zukünftige Mutter Adam verlassen hatte.“

Ich wollte Viktoria nicht zu nahe treten, aber die Frage drängte sich nun mal auf: „Entschuldige bitte, aber du siehst viel älter aus als Lilith.“

„Danke, Dara!“ Viktoria lachte. „Aber wie du weißt, halte ich mich meist in der feinstofflichen Dimension auf und dort ist Form sehr flexibel. Ich habe meine Erscheinung etwas reifer aussehen lassen. Das passt doch besser zu einer Lehrerin, oder?“

„In Wirklichkeit siehst du also ganz anders aus?“

„In Wirklichkeit?“

Auf der Pyramide fuhr wieder der Aufzug heraus und Lilith stieg die Treppe herunter. Ein knallrotes Kleid bedeckte nun ihren Körper, dazu eine schwarze Strumpfhose und weiße flache Schuhe.

„Liebe Mutter, über aktuelle Mode müssen wir uns nochmal unterhalten“, bemerkte Viktoria süffisant.

„Mode hin Mode her. Ich denke so kann ich mich sehen lassen.“ Lilith drehte sich tanzend wie eine Balletttänzerin.

„Wohnst du allein hier in dieser Höhle,“ wollte ich wissen.

„Nein, natürlich nicht. Meine beiden Eulen Uhra und Damuhra hast du ja schon gesehen.“ Lilith wandte sich ihnen zu. Die beiden Vögel gaben vergnügte Laute von sich, breiteten ihre Flügel aus und blickten mich mit ihren großen geheimnisvollen Augen an.

„Na wo steckt sie denn wieder. Hydra, wo bist du? Komm und begrüße meine Gäste." Lilith seufzte. „Sie ist ein wenig scheu die liebe Katze. Da ist etwas Geduld gefragt."

„Hydra ist deine Katze?" Ich musste schmunzeln.

„Ich habe auch eine. Sie heißt auch Hydra. Sie lebt in der feinstofflichen Dimension. Ich kann jetzt mit ihr sprechen."

Lilith machte ein verwundertes Gesicht. „Ist das für dich was Besonderes mit Tieren zu sprechen?"

„Jedenfalls wenn man sich mit ihnen so wie mit Menschen unterhält."

„Auf einer kühlen intellektuellen Ebene? Tiere sind mit dem Universum viel direkter verbunden als wir mit unseren Denkapparat. Wir brauchen unsere Sprachen nicht um mit ihnen zu sprechen", sagte Lilith.

„Aber auf der feinstofflichen Seite habe ich mich genauso mit Hydra unterhalten. Das war schon eigenartig."

„Das liegt daran das wir in der feinstofflichen Dimension keinen Körper haben und folglich nicht deren Beschränkungen unterliegen wie hier", dozierte Lilith.

„Eigentlich wolltest du zu uns auf die Erde kommen", wechselte Viktoria das Thema, „schließlich haben wir es so vorbereitet. Sollten wir uns nicht beeilen, bevor uns wieder ein Patriarch zuvor kommt?"

„Keine Angst, Caesar hält wachsam die Stellung."

„Caesar ist das Wurmloch durch das wir hierher

gekommen sind“, erklärte uns Viktoria.
„Weshalb ich euch nach Ison geholt habe hat keinen besonderen Grund. Meine geheime Mission ist nun beendet. Ich muss mich nicht mehr verstecken. Das heißt ich kann mich endlich öffentlich zeigen. Die Menschen sollen erfahren das Lilith nicht die grässliche Dämonin ist, wie uns der falsche Christentum weiß machen wollte. Nun ist der Zeitpunkt gekommen, wo Lilith, die Große Göttin zurückkehrt.“ Die Große Göttin hielt inne. „Ok, ich will mal nicht so dick auftragen“, sagte sie dann, „von große Reden schwingende Politiker habt ihr sicher genug.“
„Darum finde ich es wirklich als eine glückliche Fügung, dass wir nun Husky in unserer Gruppe haben. Er hat für unseren Empfang schon gute Vorarbeit geleistet.“ Sie wandte sich Husky zu und lachte verschmitzt. „Dein Video im Internet hätte uns ja beinahe den Kopf gekostet. Nun können wir dies zu unseren Vorteil nutzen.“

Wenig später befanden wir uns, einschließlich Lilith wieder in Finnland vor meiner beschaulichen Waldhütte. Die Sonne stand jedenfalls noch genau da wo sie stand als wir von hier verschwanden.
„Wie lange waren wir hier weg“, wollte ich wissen.
„Nicht eine Sekunde“, betonte Lilith. „Schließlich will ich euch ja nicht die Zeit stehlen“, fügte sie augenzwinkernd hinzu.
Ein klopfendes Geräusch, es kam von dem Plumpsklo aus dem Garten. Ich wandte einen fragenden Blick an Viktoria, während Lilith entschlossen auf das Häuschen zu-stapfte. Jetzt

erwartete ich die große Abrechnung zwischen Phallus und Lilith nach tausenden von Jahren, ausgerechnet hier in meinem Garten. Lilith schob den Riegel bei Seite und öffnete die Tür.

„Hallo, alter Mann. Na, wie geht's denn. Du siehst etwas mitgenommen aus. Was hältst du von einem Tee? Dara macht ihn wirklich vorzüglich."

Der alte Mann trat mürrisch hervor. Unsere Anwesenheit schien ihm peinlich zu sein. Mit versteinerter Mine blickte er auf den Boden.

„Das Problem so genannter Herrscher und Führer ist, das sie nicht anders können", begann Lilith und blickte Phallus direkt in die Augen. „Sie brauchen ständig jemanden über den sie Macht ausüben können, sonst sind sie tot-unglücklich. Und warum?" Lilith zeigte auf die Brust des alten Mannes. „Weil in ihrem Herzen absolute Leere ist, die sie nicht ertragen können", führte sie weiter aus.

„Aber nach Rache steht mir nicht der Sinn. Du wirst es vielleicht nicht verstehen. Dein Problem."

„Glaub ja nicht das wir uns so leicht besiegen lassen", zischte Phallus, „unsere Kräfte sind immer noch da. Du hast hier einen kleinen Vorteil errungen, aber es ist kein Sieg, du naives Weib."

Das Wesen fand wieder zu seiner alten Stärke zurück. Seine Augen funkelten voller Energie und sein langer weißer Bart zitterte. Man könnte meinen das er wieder seine kinetischen Kräfte wiedererlangt hatte. Besorgt blickte ich zu Viktoria. Sie schien sich über Phallus Drohungen zu amüsieren.

„Ich glaube du bist Derjenige der naiv ist", verteidigte Viktoria ihre Mutter. „Lilith ist hier und

du kannst es nicht verhindern.“
Phallus ging einen Schritt auf Viktoria zu. Seinen entschlossenen Blick hielt sie mühelos stand.
„Nicht so wie ich es bisher gemacht habe“, konterte er, „aber es gibt noch andere Möglichkeiten. Die profanen physikalischen Gesetze stehen mir hier ja zur Verfügung. Glaub ja nicht das ich mich so schnell geschlagen gebe. Ich werde gegen dich arbeiten.“ Er wandte sich uns zu. „Gegen euch alle! Glaubt mir, ich habe auf dieser Welt noch viele Verbündete, die mich unterstützen.“
„Dazu gehören wir nicht. Deshalb möchte ich das du von hier verschwindest, Phallus“, forderte Lilith, „hier ist ein gesegneter Ort, von mir gesegnet, von uns den Dakinis, und der Tarashing. Wir haben lange darauf warten müssen und jetzt ist unsere Zeit gekommen. Wenn du das nicht wahrhaben willst, musst du gehen. Jetzt sofort!“
Lilith ließ kein Zweifel daran das sie es ernst meinte. Ohne ein Wort wandte sich der einst mächtige Herr ab und verließ ohne sich noch einmal um zudrehen das Gelände.
Viktoria sah ihm nachdenklich nach, als er den Waldweg einschlug.
„Er wird uns sicher noch Probleme bereiten.“
„Wir werden noch einige Probleme bekommen, mein Kind.“ Lilith legte sanft ihre Hand auf Viktorias Schulter. „Schließlich sind wir erst am Anfang unseres Weges.“

Die nächsten Tage verliefen nach meiner Auffassung etwas zu hektisch. Husky hatte nicht übertrieben, als er von mehr als tausend Besuchern sprach, die sich im Internet angekündigt haben. Ausgerechnet mein idyllischer Zufluchtsort wurde plötzlich zum Wallfahrtsort jener Menschen, die aus ihre immer hektischer werdende Realität flüchten wollten. Obwohl Husky die organisatorischen Aufgaben zum größten Teil übernahm, blieb immer noch viel an mir hängen. Meine Mutter, Viktoria und auch Lilith schienen mit etwas ganz anderem beschäftigt zu sein. Sie hielten sich auf meinen Anfragen ziemlich bedeckt. Claudio und ich kümmerten sich vor allem um Tee und halfen bei der Zubereitung von Speisen. Die örtliche Gastronomie klagte nämlich über Personalmangel. Auch die Natur musste einiges aushalten, denn die schöne Lichtung verwandelte sich binnen eines Tages zu einem Festivalgelände.

„Eigentlich wollte ich mich in die Abgeschiedenheit der Natur zurückziehen." Claudio zwinkerte mir zu als er das sagte. Wir hatten Mühe die vielen Leute mit Tee und Speisen zu bedienen. Aber es klappte, denn mittlerweile hatten wir uns gut eingearbeitet.

Gesänge und Gitarrenmusik erfüllte die Atmosphäre, überall sah ich zufriedene Menschen, die sich herzlich umarmten, Liebespaare, die sich in den Wald zurückzogen.

In den Abendstunden breitete sich friedliche Stille aus. In einigen der zahllosen kleinen Zelte leuchtete gedämpftes Licht.

Wir räumten gerade die letzten gespülten Tassen in einem Schrank, als Viktoria, meine Mutter und Lilith plötzlich auftauchten. Ich verkniff mir eine Bemerkung, etwa: jetzt wo alles fertig ist kommt ihr. Statt dessen begrüßte ich sie mit einem herzlichen Hallo.

„Gibt es für uns hier noch was zu tun, oder ziehen wir jetzt weiter?", wollte ich wissen.

„Beides", antwortete Viktoria. „Wir ziehen von hier aus weit in die Zukunft und bleiben dennoch durch Cesar hier an diesem Ort verbunden.

„Können wir wieder in die feinstoffliche Dimension zurück?"

„Ja, so lange wir uns im Wurmloch, also in Cesars Bauch befinden."

„Wie lang?"

„Nicht eine Nanosekunde und ewig."

Gleich kam mir eine Idee, die einem tiefen Wunsch entsprach. Gerne würde ich mal für eine kurze Zeit nach Hause, dort hin wo ich aufgewachsen bin. Nach meinen Reisen durch die Zeit und Dimensionen, schien mir mein zu Hause so weit weg wie die entfernteste Galaxie. Als ich Viktoria diesen Wunsch mitteilte, antwortete sie kurz angebunden.

„Es ist kein Problem in das Jahr 2196 zu reisen," sagte sie nur. *Erwarte aber nicht zu viel* hörte ich da heraus.

„Wenn du möchtest können wir gleich los." Lilith zwinkerte Viktoria zu. „Wir haben jetzt ein Abflugpunkt, einen Gate, wie man das hier bei Flughäfen nennt." Sie legte behutsam den Finger vor die Lippen. „Bitte mal ganz unauffällig folgen," flüsterte sie. Wir betraten meine Hütte. Als alle unten in der Küche standen und die Tür verschlossen hatten, folgten wir Lilith und Viktoria weiter durch die Hintertür, die zum Garten hinaus führte, da wo das berühmte Toilettenhäuschen stand.

Dachte ich!

Anstatt des Gartens betraten wir ein steinernes Gewölbe, ähnlich dem in dem wir Lilith kennen gelernt hatten. So ein Bauwerk hätte normalerweise die kleine Holzhütte um ein Vielfaches überragt. Demnach ist es unsichtbar, wahrscheinlich für alle die hier sind, außer uns. Nur wir können das jetzt sehen. Die anderen erblicken nur einen kleinen Garten, mit einem Plumpsklo. Ich musste schmunzeln.

„Wo ist mein stilles Örtchen, mein Garten.“

„Etwa hier.“ Lilith zeigte auf eine Stelle am Boden. „Dort steht es immer noch in einem Paralleluniversum.“

„Ein Paralleluniversum,“ doppelte ich. „Zum pinkeln muss ich jetzt immer ins Paralleluniversum.“

Lilith lachte. „Von hier erreichen wir zu jeder Zeit alle manifestierten Universen.“

„Was ist mit den nicht manifestierten,“ fragte Vera.

„Das ist die feinstoffliche Dimension in der wir leben, eine Welt die nicht aus Materie besteht. Ein Gedanke, in der Unendlichkeit des Raumes.“

Lilith hatte den Satz gerade beendet, als sich das Gewölbe in kleinen Funken auflöste. Milliarden Funken, all die feste Materie löste sich auf. Wir schwebten in einer gigantischen Wunderkerze. Einige Augenblicke vergingen und wir befanden uns wieder in dem Gewölbe. Ich blickte fragend zu Lilith rüber, sie öffnete nur die Tür zu meiner Küche...

Was ich dahinter sah, stockte mir den Atem. Wo sich einst meine kleine Küche befand, glänzte nun ein prachtvoller Tempel, riesig und stilvoll eingerichtet.

„Hier treffen sich die Yethanas, eine spirituelle Gemeinschaft, die sich Tarashing-Bewegung nennt“, flüsterte Lilith.

„Ach, das ist ja interessant“, wunderte sich meine Mutter, „ich wusste gar nicht das die hier einen Tempel hatten.“

„Zu dieser Zeit hatten sie sich bereits weltweit etabliert“, bestätigte Viktoria lachend.

Ich blickte zu Claudio, der sich neugierig umsah.

„Hast du nicht auch was darüber geschrieben?“

„Ja, aber von einem Tempel in der Nähe von New York.“

Wir flüsterten, denn der prachtvolle Saal wirkte so sakral, dass man sich gar nicht traute laut zu sprechen. Wir schienen die Einzigsten zu sein, die sich momentan hier aufhielten.

„Wie kommen wir jetzt nach Berlin“, wollte ich wissen. „Ich bin jetzt wirklich neugierig wie es...“

Mir kam da auf einmal so eine irre Idee.

„Lilith, weißt du das aktuelle Datum?“

Sie dachte kurz nach, dann folgten wir der Frau in einem anschließenden Raum, der nach einem Eingangsbereich aussah.

Sie deutete nach oben. An der Wand prangte ein großes Display das Uhrzeit und Datum anzeigte:

10:15 Uhr 24.07.2196

„Was passiert denn jetzt, wenn wir nach Berlin fliegen. Ma, wir leben jetzt noch in Berlin und bereiten uns auf die große Reise vor. Wir könnten uns dann selbst begegnen?“, überlegte ich laut.

Viktoria und Lilith sahen mich an wie zwei

Prüferinnen in einem Prüfungsausschuss, die mit ernster Miene meinen Ausführungen lauschten.
Meine Mutter machte endlich den Vorschlag uns nach einem Shuttle umzusehen. Wir verließen den Tempel.
Draußen wehte uns ein frischer Wind entgegen. In diesem Sommer war es offensichtlich kühl im Finnland. Zu meinem Entsetzen hatte sich die Vegetation in den knapp zweihundert Jahren stark verändert. Von dem Wald war nicht mehr viel übrig. Kahle Landschaft, durchfurcht von gepflasterten Wegen, die alle zu einem zentralen Punkt führten. Den Tempel.
„Viktoria, ich habe hier noch keinen Menschen gesehen, verstehst du das?"
„Das hat Cäsar so berechnet", erklärte Lilith, „wir dürfen nicht gesehen werden, weil wir aus einer anderen Zeit kommen, anders gesagt aus einem anderen Universum."
„Dann dürfen wir nicht nach Berlin reisen, weil...“
„Berlin ist eine anonyme Großstadt", unterbrach Viktoria mich, „da ist das so ähnlich wie bei deiner Anreise im Jahr 2012, Dara. Wir fallen in der Anonymität nicht auf und hinterlassen keinen bleibenden Eindruck in den Köpfen der Menschen. Hier wäre das anders." Viktoria lies ihren Blick schweifen. „Hier leben jetzt nur streng praktizierende Yethanas. Wir würden nicht nur auffallen, sie würden auch schnell herausfinden woher wir kommen, denn sie bereiten sich durch ihre Praxis auf unsere Begegnung vor, die mal in einer fernen Zukunft stattfinden wird."
Viktoria und Veras Blicke trafen sich kurz, als hüteten sie ein Geheimnis. Mir fiel wieder ein,

dass meine Mutter mir von eine Reise in einer fernen Zukunft erzählte, aber sonst nichts weiter dazu sagen wollte, oder durfte.

„Für uns könnte diese auch gleich stattfinden, wenn wir durch Cäsar durch die Zeiten reisen", argumentierte Claudio den Gedanken, der sich mir ebenfalls aufdrängte. Es fiel mir trotz die Zeitreisende Odyssee mit Viktorias Überlicht-Raumschiff immer noch schwer es zu begreifen. Offensichtlich gibt es da Regeln und Gesetze die ich nicht verstehe, die Viktoria mir nicht erklären konnte, oder wollte. Leider war auch jetzt nicht der Zeitpunkt für ausführliche Erklärungen.

Mit einer rasanten Schleife näherte sich ein Shuttle und setzte neben uns auf. Lilith und Viktoria drängten zur Eile. Ich fragte mich wie wir in einem kleinen Shuttle unsere Anonymität bewahren wollen. Die Pilotin hätte sicher einen bleibenden Eindruck von uns, besonders von Claudio, als Mann hier in einer Frauenwelt.

Als wir uns auf einen den hinteren Sitzen niederließen, grinste mich ein vertrautes Gesicht schelmisch an.

John!!!

Immer wieder sorgt John bei mir für Verwirrung. *Der Kerl macht mich noch wahnsinnig* dachte ich.

„Du bist immer wieder für neue Überraschungen gut", stöhnte ich.

„Mach dich in Berlin auf weitere Überraschungen gefasst", sagte John, startete das Shuttle und steuerte es steil gegen den Himmel.

„Ich möchte bitte gleich zu meiner Wohnung. Ich nehme an du weißt wo ich wohne, John. Du weißt ja offensichtlich alles", stichelte ich.

„Wie sie wünschen", bestätigte John scherzhaft.
Die Landschaft, die unter mir hinweg-rauschte, entsprach in etwa dem was ich aus meiner Zeit gewohnt war. Wenig Wald, weites Heideland. Die Weltbevölkerung hatte sich gegenüber des beginnenden 21. Jahrhundert nahezu halbiert. Der männliche Teil ist sozusagen weggebrochen.
Bald erreichten wir fünfzehn-tausend Meter, die Standart-Höhe. Ich blickte von oben auf eine geschlossene Wolkendecke.
Ich bin gerade dabei, wieder zu meinem Ausgangspunkt zurückzukehren, dachte ich. Dabei versuchte ich vergebens mir vorzustellen wie fiel Zeit seitdem vergangen sein könnte. Objektiv keine, denn ich bin ja wieder da wo...?! In meinem Bauch machte sich ein mulmiges Gefühl breit. Wäre so etwas den möglich, aus der Zukunft kommend sich selbst zu begegnen? Dann müsste ich mich daran erinnern, mein Ich aus der Zukunft gesehen zu haben. Meine Gedanken drehten sich im Kreise, ich wurde schläfrig und nickte ein.
Der eingeleitete Sinkflug weckte mich.
„Wo willst du runter gehen?"
„Das weißt du nicht, Dara?" John wandte sich auf den drehbaren Pilotensitz nach hinten. „Du hast doch selbst diese Kisten geflogen. Ich werde vorschriftsmäßig am Weltraumbahnhof landen, wo sonst."
„Die Flugsicherung lässt aber nur bekannte Shuttles landen", gab ich zu bedenken.
„Kein Problem." John wandte sich der Steuerkonsole zu.
Ich wunderte mich nicht über den reibungslosen Ablauf bei der Landegenehmigung, ist ja nicht

mein Problem, lass mich mal überraschen...

Den ersten Schock erfuhr ich bereits am Flughafen, als John und Claudio genauso wenig auffielen wie wir Frauen. Dies war nicht mehr die reine Frauenwelt wie ich sie kannte.

„Glaubst du wirklich das wir in unserer Zeit sind, Ma?" Ich betrachtete intensiv die große Halle des Weltraumbahnhofs. Vieles wirkte vertraut, aber gleichzeitig anders, so wie es mir in Berlin im Jahre 2012 auch vorkam.

„Viktoria, das ist nicht 2196! Da kannst du mir erzählen was du willst. Das Wurmloch hat sich geirrt."

Viktoria zeigte auf eine Anzeige, die Datum und Uhrzeit angab. Um mich restlos zu überzeugen fragte sie einen Passanten, ein Mann, der das Datum bestätigte.

„Das Datum ist kein unumstößlich eindeutiger Punkt im Universum", begann endlich Viktoria mit einer längst überfälligen Erklärung, als wir sechs uns zusammen zum Ausgang begaben, „sondern nur ein Konstrukt unseres Verstandes."

Ich hielt abrupt an. „Ich glaube ich habe kapiert", rief ich, „meine Wohnung werde ich hier nicht mehr finden."

„Ebenso wenig wie du dich selbst hier finden wirst. Dieses so genannte Paradoxie ist ebenfalls eine Erfindung unseres Verstandes, der niemals die Gesamtheit erfassen kann", erläuterte Lilith in einer Lautstärke als würde sie eine Predigt halten. Tatsächlich hielten Passanten kurz inne bevor sie kopfschüttelnd weitergingen.

„Wir erregen hier wenig Aufsehen", hakte sich John ein, „hier in einer Großstadt, begegnen wir

täglich schrille Persönlichkeiten. Keiner fragt woher sie kommen und wohin sie gehen."
„Dann last uns doch einen Stadtbummel machen", schlug ich vor, „aber vorher gehen wir zu meiner alten Adresse. Ich bin neugierig was ich da finde."

Bis auf wenige Abweichungen fand ich dort mein kleines Apartment. Erwartungsvoll steuerte ich auf den Eingang zu, ertappte mich wie ich ohne nachzudenken den Erkennungssensor betätigte, der mich natürlich nicht erkannte, sondern stattdessen ein Signal sendete. Erschrocken wich ich zurück, als eine Frau, etwa in meinem Alter, öffnete. Ich wollte mich gerade entschuldigen, hätte mich in der Türe geirrt und so, da fiel mir spontan was besseres ein:
„Bin ich hier richtig bei Dara Scope?"
„Ja", antwortete sie, lehnte sich mit verschränkten Armen an den Türrahmen und sah mich herausfordernd an. „Was kann ich für sie tun?"
Das war jetzt wirklich etwas unheimlich. Die hatte nicht nur meinen Namen, sie sah mir auch sehr ähnlich. Sie bemerkte es ebenfalls. Ihr verwirrter Gesichtsausdruck klärte sich aber schnell. Sie lachte.
„Hey, du bist eine Virtuelle, die sich materialisiert hat. Wahnsinn, das freut mich für dich."
„Ich eine Virtuelle, wie kommst du darauf", wollte ich wissen.
„Du gleichst mir wie eine Zwillingsschwester, die es auf biologisch nicht gibt, aber im virtuellen Netz gibt es einige Kopien von mir, die ich selbst eingestellt habe."
Ich blickte etwas ratlos zu den Anderen, die abseits

mein Gespräch beobachteten. Anscheint begehe ich keinen fatalen Fehler für Zeitreisende, sonst hätte Viktoria mich sicher längst zurück gepfiffen. Sie standen eher abwartend bis gelangweilt dort. Deshalb versuchte ich es einfach mal mit der Wahrheit:

„Ich bin keine Virtuelle, die sich materialisiert hat, sondern eine aus einem Paralleluniversum. Dort ist dies meine Wohnung."

„Uhh", entfuhr es ihr, „wie kommst du dann hierher?"

„Das ist eine sehr lange Geschichte", antwortete ich.

„Interessant, komm rein."

Ich deutete mit den Kopf zu den Anderen „Sorry, bin nicht allein hier."

Sie trat aus der Tür und winkte ihnen zu.

„Kommt rein, ihr seid alle eingeladen."

Verwunderte Blicke die sich gegenseitig austauschten. Sie kamen dann schnell zu einer Übereinkunft die Einladung anzunehmen.

Die Wohnung entsprach sehr meiner eigenen in dem Paralleluniversum, aber ein wichtiges Element fehlte: Hydra, meine Katze. Ich fragte gleich nach ihr.

„Ja, ich hatte bis vor kurzen noch ein Kätzchen. Ist leider gestorben."

„Tut mir leid", sülzte ich verlegen.

„Heißt deine virtuelle Assistentin zufällig Luxa", wollte ich wissen.

„Nein, es ist auch keine Assistentin, sondern ein Assistent und er heißt Bert."

Als wir auf das Thema Beruf kamen, stellte sich heraus, das sie zwar auch Shuttles flog, aber eine große Mission zum nächsten Sonnensystem stand nicht bevor, sie hatte auch noch nie was davon gehört und bezweifelte, dass so lange Reisen überhaupt möglich sind.

Um es kurz zu machen: wir saßen noch eine Weile bei meiner Doppelgängerin und tranken Tee, aßen Kuchen. Ich war sicher, sie hat mir die Geschichte von dem Paralleluniversum nicht richtig abgenommen, sondern glaubte weiterhin das ich eine von ihren virtuellen Schöpfungen war. Das diese sich materialisieren, ist mir neu. Da haben sich offensichtlich die technischen Möglichkeiten in diesem Universum anders entwickelt. Dieser Umstand verhinderte, das ich kein großer Schock bei ihr auslöste, als ich unvermittelt vor ihre Türe stand.

„Nein", antwortete Viktoria auf meine Frage, während wir wieder draußen bei herrlichen Sonnenschein durch ein Park schlenderten, „du kannst nicht zurück in deinem Universum. Das gibt es nicht, es sind nur Erinnerungen. Das was du erlebt hast verschwindet sofort und die Zukunft gibt es nicht. Es bleibt eine Leere, die wir ständig mit Handlungen füllen. Deine Mutter hat es erlebt, als wir zusammen im Raum der gleichzeitigen Phänomene verweilten. Ein ohrenbetäubender Stress, hervorgerufen allein durch unsere Gedanken und Handlungen."

Viktoria blieb stehen, hielt inne und schloss die Augen. Ihre Stimme kam sanft über ihre Lippen.

„Hier in der physikalischen Welt ist alles zäh, es ist da, aber es fließt, es fließt und fließt."

Unvermittelt ergriff sie meine Hand und die meiner Mutter. Schnell hatten wir ein Kreis gebildet, indem wir schweigend Hände haltend mit geschlossenen Augen auf einer Parkwiese den Moment lauschten. Ein kurzer mächtiger und kraftvoller Schwall der Ruhe.

Später flog uns John mit dem Shuttle zurück nach Finnland, dort wo die Yetanas ihren Tempel errichtet hatten, dort wo ich im Jahr 2012 eine Hütte fand, die John mir vermittelt hatte, den ich vorher auf einem buddhistischen Festival traf, und das alles weil ich Viktoria kenne, die ich niemals begegnet wäre, wenn wir nicht nach Alpha Centauri aufgebrochen wären. So hängt alles zusammen. Es fließt.
Wir huschten schnell in den verbotenen Bereich des Tempels, in der sich noch die Überreste vom Eingang meiner Holzhütte befanden. Es vollzog sich alles in umgekehrter Reihenfolge wie wir in den Tempel gekommen waren. Wir durchschreiteten meine ehemalige Küche und erreichten durch die Hintertür wieder die Höhle.
„Gelangen die Yetanas, wenn sie hier durchgehen, auch in meine Küche und dann zur Höhle“, wollte ich von Viktoria wissen.
„Nein, sie finden dahinter nur einem unterirdischen Gang, der nach etwa zehn Meter endet.“
„Wir erklären dir das ein anderes mal“, fügte Lilith Augen zwinkert hinzu.
Und wieder löste sich das Gewölbe in Millionen Funken auf.
Durch Cäsar gelangten wir wieder ins Jahr 2012. Hier vergingen gerade mal dreißig Minuten. Keiner auf dem Festivalgelände hatte unser kurzes Verschwinden bemerkt. Husky arbeitete wohl noch

in seinem Laden im Dorf.

„S i m s a l a b i m , d e i n G a r t e n m i t d e m Toilettenhäuschen ist wieder da", bemerkte Lilith scherzhaft.

Ich hatte Hunger. Die Anderen nahmen meinen Vorschlag noch etwas zu kochen gerne an.

„Was mir nicht behagt ist dieser grässliche Phallus. Der hat uns ja noch einiges angedroht, als wir ihn raus geschmissen haben", gab meine Mutter zu bedenken.

„Kein Wunder", stellte Lilith fest, „schließlich haben wir ihm sein Territorium streitig gemacht. Er hatte sich tausende von Jahren erfolgreich als Gott der Herr verkauft, das gibt er natürlich nicht so einfach auf." Lilith kam zu mir und half mir beim kochen. „Aber glaube mir seine Tage sind gezählt." Sie wandte sich Vera zu. „Die Menschheit ist gewachsen und lässt sich deshalb auch nicht mehr mit religiösen Dogmen abspeisen."

„Was könnte er noch tun", fragte meine Mutter.

„Dafür sorgen das viele an ihm glauben", antwortete Viktoria, „das würde ihm wieder Macht geben, auch in der feinstofflichen Welt. Im Moment sieht es aber nicht danach aus das er es schafft. Aber wir sollten achtsam sein."

Mit einem Ruck flog die Tür auf. Mir blieb vor Schreck beinahe das Herz stehen. Husky, der etwas gestresst wirkte, huschte hinein und knallte die Tür genauso laut wieder zu.

„Wo habt ihr gesteckt?"

„Wo hast *du* gesteckt? Wir waren mal kurz auf einem Zukunftstrip. Dara wollte mal nach Hause", scherzte Lilith.

„In meinem Laden", hechelte Husky, „da kam

plötzlich wieder dieser alte Mann rein, der wie der liebe Gott aussieht. Der war aber nicht lieb, sondern wollte mich mit aller Gewalt auf seine Seite ziehen. Echt nervig war er, ich hab ihm dann raus geschmissen. Er hat mir angedroht das ich bald für ewig in der Hölle schmoren werde.“

Lilith klopfte ihn auf die Schulter. „Gut gemacht, Husky. Keine Angst, du wirst eher nicht in der Hölle schmoren. Komm mach es dir gemütlich, wie du siehst wollen wir gemeinsam essen.“

„Phallus wird uns hier möglicherweise noch öfters auf den Keks gehen“, begann Viktoria, als alle am Tisch platz genommen hatten. „Aber er ist in dieser Zeit und damit auch in dieser physikalischen Welt gefangen. Das Raumschiff, mit welches er diese Dimension verlassen könnte, befindet sich innerhalb von unserem Schutzbereich. Zusätzlich habe ich die Kristalle ausgebaut. Selbst wenn er, ohne das ich es bemerken würde, dort hinkommt, könnte er nicht weg. Durch seine Rachsucht hat er sich selbst entmachtet. In der feinstofflichen Dimension wäre er eine viel größere Gefahr für uns.“

„Gibt es auf der Erde weitere Wurmlöcher durch die man in andere Welten schlüpfen kann?“, wollte ich wissen.

„Möglicherweise.“ Viktoria schaufelte sich Reis auf den Teller. „Aber die sind erstens sehr schwer zu finden und noch schwerer zu aktivieren. Auch für überdimensionale Wesen wie wir.“

„Ok“, sagte ich nur, denn ich fand das schon mal sehr beruhigend. Plötzlich viel mir auf das John nicht am Tisch saß.

„Der ist sozusagen unterwegs abgebogen, als wir

durch Cäsar schwebten", erklärte mir Viktoria, nachdem ich mich nach John erkundigt hatte.
„Wohin abgebogen?"
„In einer fernen Zukunft", antwortete Lilith, „die wir, so wie wir hier alle am Tisch sitzen, auch bereisen werden. Aber vorher spülen wir noch das Geschirr ab", fügte sie lachend hinzu.

Jetzt, nachdem wir alle durch Cäsar in eine ferne Zukunft gereist sind, bin ich da wo ich begonnen habe diese Zeilen zu schreiben. Nicht für mich, sondern für eine bestimmte Person, die ich persönlich nicht kenne. Das heißt, ich habe ihr noch nicht gegenübergestanden, aber ich bin untrennbar mit ihr verbunden. Diese Person lebt physisch im einundzwanzigsten Jahrhundert, aber nicht in dem abgelegenen Dorf in Finnland, wo wir unseren Schutzbereich errichtet haben und es ein Wurmloch namens Cäsar gibt, welches einen aktiven Korridor zwischen der physikalischen und der feinstofflichen Welt geschaffen hat. Das kommt sehr selten vor, so alle abertausend Jahre, die dann wieder verschwinden. Auch über den Weltraum mit einem geeigneten Raumschiff durch die Zeiten zu reisen ist sehr eingeschränkt, denn wir können nicht einfach so wie wir es wollen in die physikalische Welt eindringen, sondern es müssen bestimmte Bedingungen vorhanden sein, die ich leider noch nicht verstanden habe, auch wenn Viktoria und Lilith es geduldig zu erklären versuchten.
Diese Person hat damit zu tun und auch die Tatsache das es eine spirituelle Verbindung zu mir

gibt. Diese Person fühlt sich von mir inspiriert, ich bin ein Produkt seiner Vorstellungskraft, das sich sozusagen verselbständigt hat. Wenn er an mich denkt, kommt es ihm vor als er sich an jemand erinnert, die er früher einmal persönlich kannte. Anfangs dachte ich, Claudio wäre diese Person, denn er hatte ja dieses Buch geschrieben, in dem er Details aus meinem Leben beschrieb, die er nicht wissen konnte. Bei einem längeren Gespräch mit Viktoria versuchte sie mir zu erklären, dass er nur eine Manifestation ist, also eine Erscheinung die auf Grund meiner Gedanken und Gefühle Wirklichkeit geworden sind. In der Wissenschaft des einundzwanzigsten Jahrhundert sagt man es seien rein zufällige Phänomene. Es gebe keinen Zusammenhang zwischen unseren Gedanken und der Wirklichkeit. Hier wo ich jetzt bin ist es erwiesen das beides zusammenhängt. Ein Gedanke ist genauso Realität wie ein physisches Phänomen. Hier scheint die Trennung zwischen feinstoffliche und physischer Welt, wie ich sie bisher erlebt habe, aufgehoben zu sein. Es gibt beides, gleichzeitig und an dem selben Ort. Wir sind da, für physikalische Wesen sichtbar, sie können uns berühren, den wir haben Substanz. Trotzdem sind wir den physikalischen Kräften nicht bedingungslos untergeordnet. Ich kann sagen „ich möchte mich erheben" und schon fliege ich. Oder „ich gehe jetzt durch die Wand" und diese löst sich in dem Moment wenn ich darauf zulaufe in Gas auf, um anschließend wieder zu Stein zu gefrieren. Diese „Tricks" sind für eine Anfängerin wie ich natürlich mit Vorsicht zu genießen, denn wenn ich nicht voll konzentriert bin, könnte so etwas gefährlich werden.

Um wieder zu der geheimnisvollen Person zurückzukommen, für die ich dieses Tagebuch geschrieben habe. Diese, so sagte mir Viktoria, hätte schon mit ihr gesprochen, als diese in einer Meditation versunken war.

„Ich konnte so klar in sein Bewusstsein erscheinen, dass er nun von meiner waren Existenz überzeugt ist. Es ist nun die Zeit gekommen, ihn in unserer Gemeinschaft aufzunehmen. Auch er ist stark inspiriert, so wie du Dara, ein Tagebuch zu schreiben, welches den Erstkontakt mit uns beschreibt. Und wie du weißt, Vorstellungskraft und Wirklichkeit hängen unmittelbar zusammen.

Diese Person heißt übrigens Michael.

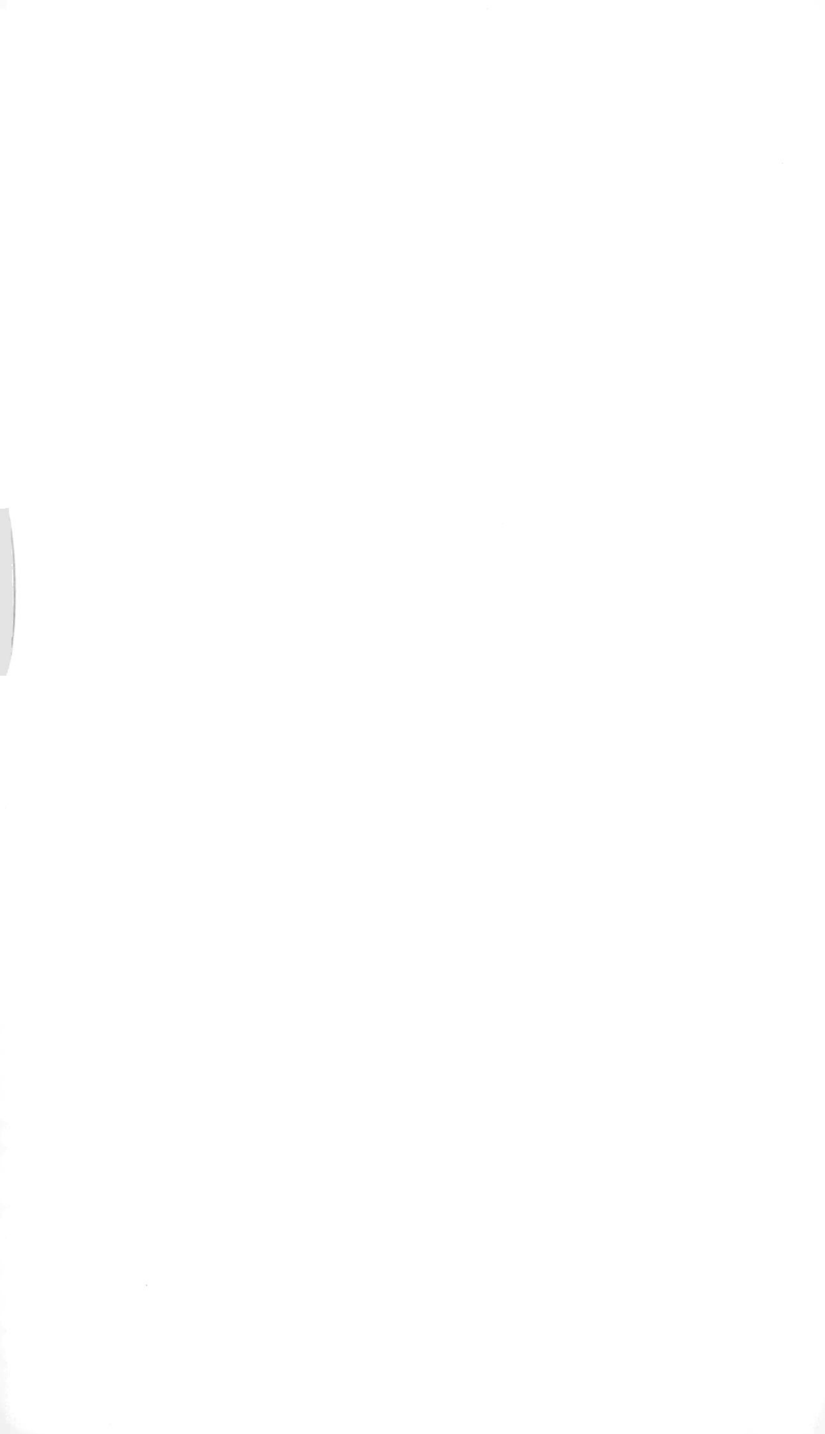